荒然墟原

周永忻的《荒然墟原》

《荒然墟原》

作者：周永忻

（第二版）

2020 年由電書朝代製作發行

由 Ingram Content Group 旗下之 IngramSpark 隨需印刷，推廣銷售

電書朝代 (eBook Dynasty) 為澳洲 Solid Software Pty Ltd 經營擁有

網站：www.ebookdyansty.net

電子郵件：contact@ebookdynasty.net

目錄

周永忻的《荒然墟原》

周永忻的《荒然墟原》

月光驚叫青春獻祭（代序）

——陳凌

一、

．

頗為出乎我意料之外的，青年作家周永忻不以為那是別人眼中的一幅「青春腐蝕畫」，酷酷地在她的 FB 貼了一張明顯可看出歲月重量及距離；與我合照的相片，令我感到十分訝異。乍看那張相片，我即陷入了回憶的沼澤；擬以文字的姿態，留影彼時的思維和情緒，權充她處女小說集《荒然墟原》的代序。

那張相片是人約黃昏後：

一個曾統治台灣三十八年的殖民主後裔 (colonial descendant)；感懷飄零的身世在島嶼無從寄託，任雨打風吹而怨懟不止；腳踏雲端向混沌宇宙 (chaosmos) 興師問罪：為何華服變緼袍，陳絲如爛草？卻又一面口述著殖民者抱殘守缺、泥古不化殖民主義 (colonialism) 的《假面告白懺悔錄》(Confessions of Kamen no Kokuhaku)，一面旁徵博引殖民現代性的雜種論述 (hybrid discourse of colonial modernity)，欲重建王朝失落江山萬里仰天長嘯的歷史現場；歷史現場是殖民家族血脈傳承的重要見證；因此更加悲憤不被時代所理解，不被社會所接納——事實上已經改朝換代的殘酷事實——遂自我流亡放逐 (exile)，離群避居於南國的一個小鎮。

周永忻的《荒然墟原》

倘若援引法籍保加利亞哲學家克莉絲提娃 (Julia Kristeva, 1941-) 的說法：「『我』已經成為迷失在異己中的異己」("I" has been another lost in the other)，和馬克思 (Karl Marx, 1818-1883) 的名言：「所有穩固的，都煙消雲散。」(All that is solid melts into air.)，我即不知今夕何夕，時空錯亂地「認同暈眩」(vertigo of identity)。對於過去殖民事實的懺情告白、認罪悔悟，反倒建構了秋後算帳殖民王朝的一座現代廢墟：時間疏離，空間異化 (alienation) 所造成的歷史意識與感知、糾結與纏繞、徵候與病狀，導致殖民主後裔今日感時憂國，事不我與的創傷論述 (traumatic discourse)，甚至有股說不出歷史創傷，欲了此殘生的末路窮途。

白雲蒼狗、滄海桑田。那張相片是某年某月的某一天，在淡水一家英式餐廳拍的。

二、

此刻夜色溫柔，窗外滿街江湖；一個人流浪不必到遠方。我們在餐廳裡天南地北地聊著；特別是追憶一些過往的文學春季，以及有夢滾動的從前，分享彼此當下的落寞寡歡、千古憂愁。話題的空間定格在心靈場域，時間則迴環於雜貨人生的多重多樣性 (multiplicity)：

春風、夏露、秋籟、冬寒。生與死、禍與福、物與影、夢與覺，不可知也。人生是條單行道，瑣碎、蜿蜒、曲折；除了往後望，不能回頭走。轉世再生？更不可知。

今朝花容正茂一髮青絲，明日人老珠黃一夕白頭；怨不得天尤不得人，唯有歸零自己，人生才能無限轉譯 (infinite translation)。

情感萎靡，往事會蒼老，記憶亦隨之泛黃，成為一種無法癒合的傷口，亟需來回舔舐。倘若訴諸於文學之夢，則不會鏡花水月，幻化無蹤。

逆風而來，相逢只是為了命運的擺渡。於同一時間，同一地點躲著各自人生裡的一場雨，而邂逅彼此，是何等幸福之事。

尤其是，口口聲聲一再辯解：我家住在「太宰治」隔壁，不願捨棄濫情晦澀華麗的文字；不存真、不仰善、只求美；細心照拂胸中塊壘 (dejection one feels at heart)，塗抹、拼貼、編織、鏤刻 (obliteration, cannibalization, knitting, engraving)，在夢境熄滅之前；融頹廢殉美與痞子情調於一爐的現代書生。

現代書生篤信：一個王朝家族的興衰，同時也標幟著整個時代的起落。

三、

我僕僕風塵的生之旅，充滿了太多的阡陌縱橫，太多的千瘡百孔；一個徹底遭到社會遺忘的人，被燒盡在島嶼的地圖上，被消逝在時代的《巨河流》。

周永忻的《荒然墟原》

　　儘管如此，那張合照與其說周永忻想跟別人炫耀：「我跟Heinz Nissen, the Dutch Patriarch VI 照過相，毋寧說是她擬藉我肢體僵硬、思想酸痛、語言庸俗以烘雲托月她一生的最美。」柴門輕扣，我從未見過周永忻照起相來賽似水晶球包裹著千年的青春燦爛；美得可以用羽毛筆蘸著純潔來寫詩；寫那閉月羞花比任何女人更煽情，凝睇神色比任何女人更誘惑。

　　反觀相片裡一出生即成為歷史囚犯的我，燃燒過的歲月彷彿走過的風華，徒留不堪回首失魂落魄的一張臉；何曾有過什麼英雄氣盛兒女情長？我的真實其實是我最不真實的夢——揹著自己的墓碑在荒山野嶺尋找自我埋葬的地方。啊，莫非最痛的地方要用最美麗的方式包紮。

　　事實上，那些千瘡百孔回不去的從前，皆朝向台灣歷史深處發出喟嘆：我與我的時代交錯而過，擦出的火花竟然是那麼地暗淡無光，了無生氣。難怪張愛玲老愛笑我說：「生命是一襲華美的袍子，爬滿了蝨子。」也才讓我恍然大悟，芥川龍之介如是說我：「人生不如一行波特萊爾 (Charles Baudelaire, 1821-1867)」；活得像句冷笑話。

　　四、

　　年輕歲月即洶湧著生命之花的周永忻，跟我合照，純係一種悼亡青春的儀式——紀念我們「路逢劍俠須呈劍，不是詩人莫獻詩」的金色年華，不曾或忘「天涯陌路擦身過，聚散離合盡偶然」。

假使有人出個作文題目，曰：「周永忻與我」，別人可以揮筆即萬言，而我呢？恐怕一個字也寫不來；寫不來是因為我和她文靈纏綣的關係頗為複雜。千絲萬縷欲解還結，怎能說清楚那些西窗夜雨的剪燭心談？

文靈的纏綿若由她來講，我相信她會說得真實無比，鉅細靡遺，一如她擅長角色人物的心理描繪。職是之故，在文學創作的風格上，我常將她歸類為「寫實主義極右派」；而我剛好相反：無病呻吟、風花雪月，加上花拳繡腿，於搔首弄姿、顧影自憐之餘，自稱是「浪漫主義極左派」。

總而言之，相反的窗，雙向的路；周永忻與我：井水與汪洋，百衲衣與富貴被。她漫天野火，我遍地雪泥；她朝曦初露，我晚星沉埋。她是琉璃珠，我是青銅器。

五、

我喜歡閱讀她文字通了電，在雲端書寫文學風景的自傳 ─《FB 小確幸》。那是一部空間與時間易位的「後現代游牧部落」(postmodern nomadic tribalism) 女性成長史：歷經夢想、追尋、挫敗的生命仍然挺立在大街小巷，無怨無悔二十載的筆耕路，讓我十分動容，也教我在她面前感到渺小無比。

周永忻的《荒然墟原》

不瞞你說，我一直想忘記跟她一起罹患過的那種大頭病——
「文學獎參賽症」。你知道嗎？參加徵文比賽的美夢不如不作，
因為醒來依舊海角天涯。對我而言，希冀或覬覦作品獲獎簡直是
痴人說夢、緣木求魚，註定是一場沒有出口之夢。然而周永忻卻
鼓勵我說：深秋花開應未遲；勿枯萎、勿凋零；遙遠的地方不是
一場遙遠的夢。話雖如此，文學長河中的年輕水聲周永忻自己，
一夕驚星，榮獲教育部文學獎，黃袍加身病就好了；果然長河落
日圓，今日出天山，而我依然是那個一文不名，沉疴待斃的「千
敗劍客」。我嫉妒她，每一嫉妒都留下一道深深的牙痕。現在沒
有她的同病相憐，我開始感覺有點寂寞，必須孤獨地走流離失所
之路。那會是無可避免的一齣宿命？

〈代序〉寫來似乎有點怯怯，原因是：她的文學造詣、創作
經驗及勇氣膽識，皆遠在我之上。假設此篇〈代序〉的用字遣詞
稍有不慎或差錯，我在她小說裡的腳本構思暨角色扮演，一定不
會是神武聖智、碩學宏儒、王公貴族，而是販夫走卒、引車賣漿、
作奸犯科之流吧。我豈是這樣；這樣似星辰亦如鬼火。

六、

追求文學美學 (literature-aesthetics)——瀟湘夜雨、煙寺晚鐘、
漁村夕照，乃是我們共同的宗教信仰及情操。文學美學絕非事如
春夢了無痕，而是星星之火可以燎原。她文學刺青，墨成肉身；

鬼刀神筆地演繹著文體諧擬、模稜、託寓的交混 (mimicry, ambivalence, allegory of hybridity)。不信？請看：

在蒼茫中訴說
——序　陳凌著《夜霧正迷濛》

放逐塵盡
數不清的過往雲煙
猶如穿越多少萬里路
落寞多少他鄉旅人
萬馬奔騰喧囂聲中
你總在尋覓知音聽你訴說
　　　　　　　　　訴說一段故事
從幽靈盪盪的黑霧裡
穿透至東方之既白
咖啡香的體液與文字意象相互飆舞
　　　　　低頭吟語著自我浪漫的風綽英姿
只為寫下千辛萬苦
只為雕刻一頁頁的歷史
馬偕、暮色、煙雨、飄泊、自我、疏離
日不落國與台灣的鄉愁情結
　　　　　無時無刻地濡濕著你的夢
人人盡說你沉默

周永忻的《荒然墟原》

沉默得像隻孤鷹
你執意精神流亡
殊不知那亦是一種堅持、一種力量
你孜孜不絕寫作的背影
是真理風景的一角
於難以訴說的生命情境裡，尋找
尋找救贖的出口
你說，只有書寫才能與你長夜繾綣
而我，只是偶然地闖入了你的愛情

——獻給我最親愛的系主任
永忻於台北深夜 2008 年 7 月

七、

　　雨後之虹，子夜之星；如夢如幻月，若即若離花。文學之所以迷人在於它帶來無窮的想像，而這些想像無需經過實證；即便是屬於虛無縹緲的虛構世界，在文學領域裡不僅能夠存在，而且真實無比。周永忻因而深信：飛縱千山萬水的想像是文學不朽的青春基因 (young gene)。想像，不用翻譯。她不斷在她的小說裡，凝眸光與影寫出虛與實，自我挑戰考驗自己；表現出旺盛的生命力、企圖心及理想性，並堅持「生活即文學」——把自己擣碎，磨成粉、和成泥，沾著血液寫自己的故事。這不就是文學家最撼

周永忻的《荒然墟原》

人的生命形象？

　　每個人的一生，不論貪嗔痴狂、愛慾生死，無時無刻不在起伏翻滾著。當現實鋒利如刀，青春已成洪荒祭草，生命要怎樣找到光？其實，山有多高，海有多深，人的內心就可以有多高山仰止、多波濤壯麗。周永忻的人生有無奈卻不妥協，有低泣更有強顏的歡笑；身體的波折並不影響她生命的大用。我相信她會是人不需要眼睛亦能看見自黑夜閃爍到天明的一顆「南斗避文星」。文學旅途最終不該是徒然的吧？她的叛逆與輕狂、沮喪與惶惑、深情與淺愁、孤獨與鄉愁，必將遺跡在台灣文學的這塊土地上。

　　　　八、

　　長堤向晚，已然煙雨？夕陽花影殘，雨季不再來？未竟的我是一片未竟的霧？我一生再怎麼蕭瑟落拓，流星雨逝，也不忍看著落葉迷途，總該在島嶼邊緣遇見幾朵奇花異葩吧？雪夜回眸落水的月；你猜我是怎樣對這位青春旗手，來自窗外異聲的小說家表示敬意：

　　「周永忻：人生苦旅，穿山越水。除了野薑花，沒有人在家。何以解憂？唯小說；小說足夠讓她在榕樹下虛擬一場春雨。她露水夜書，等待一朵花的名字。月光驚叫一聲青春啊青春！說：在她的文學國度裡，曠野與山嶽可以喧談；巖石能沉思；溪流會絮語，而成就她異質另類的生命美感。」

14

周永忻的《荒然墟原》

蝕

一、

在頹壞廢墟那片茫霧的天空底下射出的五彩繽紛，是她盡頭前驚鴻一瞥。

記憶深處裡，曾記得她有那樣一幅畫的，擺在哪兒？想不起來了。

但她卻難忘那是 W 送的，這始終都是她最記得的一件事。

一陣刺耳的煞車聲，敲碎濃白中的寧靜。

女人整個身體從座騎上高空彈出，完美的曲線宛若彩虹般綻放著光亮，即刻劃上句點。

彷如輕煙般飄忽不定於大街上流連，從黎明到黃昏，從日落到日出，日復一日。

形形色色從眼底曳出的嬌媚，總也吸引女孩的目光，讓她不禁多看一眼。

她會突感另一雙輕柔之手曾經帶她滑向世界的盡頭，靈魂的最深處。

周永忻的《荒然墟原》

一個盛夏午後，W騎著機車來接她去交報告。

那不是第一次乘坐W的機車，卻是一種感覺，說不出個所以然，是……幸福嗎？

不，應該是更好的字。她打從心裡就不喜歡這兩個字。

卻在這閃光一刻，她想到死亡。

我帶妳去深坑吃豆腐。W回頭對她說，那裡的豆腐很有名。

機車速度突然加快，朝向騎往深坑的高架道路，她輕輕觸碰女人凸出的曲線，順指溜下，柔軟、舒服……

不知為何那天道路的過往車輛只見零星，空曠、坦蕩，使得她的心境隨著實景開闊，宛若天堂之門就在眼前……

她緊緊抱住W的腰，絲毫不放過任何會穿透她倆的東西，直至枯竭、窒息……

喂！騎車太快妳會怕是不？W輕笑著回望了一眼。

她不回答，卻是緊緊閉住雙眼，靜靜感受著那刻黑幕罩臨，死亡的氣氛。

啥事也沒發生。

周永忻的《荒然墟原》

二、

酸腐的味道隨處散佈。

幾天陰雨綿綿，來來去去的人們在捷運站這個過渡空間裡可以留下的痕跡便是踩踏，由泥巴和雨水所繪成的圖案。

那也是藝術嗎？

她站在門邊低頭望著地板。卻見一個歐巴桑拿著拖把層層擦拭著地板，沒過幾秒鐘又有新的腳印，歐巴桑只得重新再來。

她也只是更快速發現新的花紋罷了。

她偷偷地瞅著那個女人，是位歷盡風霜的老女人，長滿黑斑的臉撲著便宜買來的白粉，不但沒有幫她遮掩老態，反而使她醜態盡露！

琴姐！一個男人叫住歐巴桑。

琴姐，我先走了。男人拍拍女人的肩。

這位叫琴姐的女人轉過頭來對那男人招手笑著。

琴姐？是這女人的名字嗎？哪個「琴」？還是「情」？這兩個字的發音總是讓她分辨不清。希望是鋼琴的「琴」。只因為她喜歡鋼琴。她注意到她脖子上的皺紋，暴露血管筋脈的手上掛著鍍金的鐲子，臉上魚尾紋一條條彷似老虎……陣陣溼熱襲擊過來。

窄小的巷道，污濁晦暗的空間，那是女人寄居的地方。

　　她迅速跟隨著女人。

　　被跟蹤的滋味是什麼？她不知道，她也不想知道，她只想跟著這個老女人。

　　黑洞，深不見底。

　　極盡衰敗的身體啊！她拼命吸吮著，就像嬰兒需要母奶般，女人脫盡油脂的皮膚是她最深的眷戀，對照著她之於 W 粗粗的毛細孔。真是沉溺了，對這老女人。

　　拼命游向岸，竟被推進更遠的深海！

　　我永遠無法像愛情般的去愛一個女人，W 說過這樣一句話。
　　這句話深深刺傷她的心

　　當天使來臨，她突然想起她的回答，帶點心疼、帶點憐憫、又帶點輕蔑！
　　不要忘記妳的名字。
　　永遠永遠！

周永忻的《荒然墟原》

午夜大餐

　　這裡是新近蓋好的大樓所附的接待大廳，頗有規模。後面連接著幾棟都是一樣風格的建築，除了有中庭花園，還有游泳池，就像五星級旅館，最重要的是它位於市中心。這接待大廳只有一個樓層，進出都要登記，看守森嚴的總統府也不過就是如此罷。四角高挑，掛在正中央，金黃色系的吊燈亮晃晃，即使白天也亮著。年約三十的保全人員一邊注視著電腦螢幕，一邊跟來來往往的住戶打招呼。雖然說大樓是最近才蓋好沒多久，住戶卻不少。有的正在裝潢，所以那兒也會碰到一些叼根煙打赤膊的工人。

　　時間接近中午了，老太太就坐在大廳裡為訪客準備的絨布沙發上，等待著兒子小晶下來帶她去吃午餐。其實即使超過一點時間也不打緊，老太太每天跟著兒子與他的女朋友趙小姐出門，都會隨身攜帶孫女為她準備的零食，如蝦味先或是可樂果。幾位做工的工人正圍坐著大口吃便當，保全人員手裡也拿著泡麵準備去泡，老太太緩慢地從她隨身的包包拿出零食，孫女今天準備的是旺旺仙貝，老太太費力地撕開了裝著兩小塊仙貝的塑膠包，遲鈍地把一塊送進嘴中，卻只見那餅乾屑從她嘴邊滑落，掉落在她黑色的毛衣上，不明就理的人會以為那屑屑渣渣即如珍珠般的裝飾在她黝黑的毛衣上。老太太把第二塊餅再送進嘴中，並用手拍打著掉落身上的屑渣，有時卻也像頑皮小孩般，讓手指捏拾著小屑

周永忻的《荒然墟原》

渣送到嘴巴裡。

　　老太太今年九十五歲，夫家姓周。身材長得瘦弱短小，戴著一付無邊的老花眼鏡，剛毅的眼神透過鏡面，背後卻是承受過巨大的痛苦。丈夫是軍人，二十多歲即開始跟著丈夫東征西討，一直過著兵荒馬亂的生活。三十多歲時又遇上倒霉事，丈夫無端地被送到綠島關了二十三年。老太太一人含辛茹苦地把孩子拉拔到大。兒子小晶大學畢業時找到一份不錯的工作，還認識了一位漂亮小姐，準備結婚。當時左右鄰居還跟老太太祝賀：您出頭了，老周。老太太卻幽默的回答：出什麼頭，出腳趾頭！

　　老太太雖然吃過了幾小包仙貝，仍舊慢慢餓了起來。她突然想起了雪菜年糕。那是孫女有天特別為她做的。老太太祖籍是貴州，嗜吃辣是她那個民族的特性，一天沒有吃辣就等於一天沒有吃飯。有那麼幾天，她的胃口實在太差，人也不怎麼有精神，一天下來，只喝了半杯麥片加半杯優酪乳。還記得那天是星期六，不，應該是星期五……其實最近真的老了很多，今天是幾號，星期幾，甚至連白天晚上也搞不清楚，老要人家提醒，而且還不只一次。反正孫女剛好在家，她對孫女說想吃點類似小菜的東西。孫女想來想去也不曉得要做什麼菜，打開冰箱卻什麼也沒有。出門前對著奶奶說，不然她到超市去蹓躂蹓躂，看看可以帶些什麼回來。過沒多久，她帶了真空包裝的雪裡紅、一盒絞肉、一堆紅咚咚地朝天椒，外加兩包年糕，及兩大瓶的蔓越莓果汁。老太太開心露出笑容，對著孫女說，可以先給她喝半杯果汁嗎？

周永忻的《荒然墟原》

　　難道兒子忘記她還在這裡等了嗎？絕對不會忘記的。老太太堅決地相信她的兒子不會把她拋棄。因為兒子每天從家中接她出來，就是怕她沒飯吃。一想到兒子，也觸動了她的憐憫之心。早年沒有父親在旁，晚年又遇喪妻之慟。轉個念頭想，上天也待他不薄了，讓他喪妻後沒多久即認識了趙小姐。小倆口準備同居，這裡是他們以後要居住的地方，只是他們並沒打算把老太太接過去一起住。

　　老太太繼續想著雪菜年糕。孫女先把雪裡紅及年糕分別浸泡於不同的大碗中，再來把絞肉放在炒菜鍋裡，加了橄欖油拌炒，再把血紅似的朝天椒切成一小段一小段，再全部往炒鍋一灑，那絞肉漸漸變了色，老太太坐在飯廳有點等不及，多少還是怕孫女的廚藝不夠到位，站起來向廚房探頭，只見辣味的刺激擴散著香氣，也只見孫女一手捏住鼻子忍著噴嚏，一手拿著鍋鏟翻炒著年糕，孫女說馬上就好。不一會兒，兩盤綠油油的雪菜年糕即上桌了。

　　老太太想到那天的雪菜年糕真的很好吃，不過中間有些小摩擦。原來她習慣吃的是扁平狀的寧波年糕，孫女卻買了圓筒球狀的韓式年糕，老太太一度還質疑地說她吃的不是年糕，孫女回答這不是年糕是什麼，難道是麵條嗎？這不過就是韓國人吃的年糕罷了……老太太細細嚼完嘴裡的東西，孫女問她好吃嗎？辣吧！我還怕您不覺得辣又多放了一條辣椒呢！老太太直點頭，孫女似乎覺得她已辣到說不出話來了。孫女有點得意，繼續說著，您要是覺得好吃，那以後我就常常做給您吃……

又想到有一次，孫女做了毛豆炸醬及炒青菜，再加上一鍋蘿蔔排骨湯。由於孫女那幾天肚子不太舒服，毛豆炸醬的辣椒只放了少量，卻被老太太說這菜怎麼沒有味道？飯呢也只吃了一口，湯倒是喝了一碗。不等孫女吃完，她跟孫女說，到外面館子給我買個麻婆豆腐……孫女有點生氣，她說您要是覺得不好吃，那以後我就不做了……老太太假裝聽不懂，嘴巴說著，妳在說什麼？在那裡紅眉毛綠眼睛的……心裡卻想著，妳這小丫頭還真會威脅人呢！想我能做的時候請了多少客做了多少菜，妳還不曉得在哪兒呢！

兒子和趙小姐還是沒有下來，他們應該是出去辦事了，剛才好像看到一對夫妻從大廳門口走出去，應該……應該不是他們。我想兒子應該會記得我這個老媽媽還坐在這裡等著去吃飯。那位趙小姐人還不壞，我想她只要對我兒子好就好了。老太太坐在碧麗堂皇的大廳這樣想著，突然覺得口有點渴，走到櫃檯那兒向保全人員要了一杯水，又繼續坐著。天開始灰濛濛地下起雨來了。

老太太閉起眼睛養神。她想到有一天也是這樣的天氣。那是在端午節的前一兩天。那幾天都在下大雨。老太太每三個禮拜都會去修指甲，這次時間剛剛好，孫女也在家，於是帶著她坐上計程車前往那家常去的理髮廳。老太太修完手指甲腳趾甲又坐上計程車之際，她突然跟孫女說要買粽子，要計程車司機載她們到南門市場。

周永忻的《荒然墟原》

　　這是多麼有趣的場景！一個九十多歲的老太太還能有這麼大的興致幫家人買粽子？空氣中充滿著潮濕的霉味，及融合著各種香料的氣味，昏黃的燈光為陰雨的天氣增添了些溫暖。孫女左手拿著雨傘，右手握緊老太太那佈滿皺紋的手，慢慢向前。老太太看起來很興奮，感覺她什麼都想買。

　　那家賣粽子的店叫南園，只見前面黑壓壓的一片在排隊。孫女跟老太太說看到排隊她就不想買了，老太太有聽沒有懂，孫女無奈地跟著排隊。接著孫女後面排了一位中年婦人，台語夾雜國語，一下子問這家好吃嗎？一下子問老太太幾歲，說她看起來身體還很好。老太太的耳朵不靈光，孫女一邊觀察前面買賣粽子的情形，一邊還要重覆報告好幾次，那位中年婦人拍拍孫女，說妳很辛苦，照顧老人家不容易啊等等的。快要輪到她們的時候，孫女看到前面的牌子寫著：由於排隊者眾，某些粽子限量，一人六顆。旁邊即剛好寫到了她們要的口味——鮮肉粽。所以她們兩個人一共買了十二顆鮮肉粽，外加兩顆豆沙粽。那鮮肉粽可是剛做好沒多久，老闆娘還說袋子只能提一邊，另一邊要開開地讓它透氣。

　　老太太的記性退化很多，才剛說完的話幾秒鐘就忘了。她們才離開那兒十步的距離，老太太就問她們到底有幾個粽子，孫女回答了，老太太又問，孫女再說。這樣反覆幾次後，老太太居然還要孫女再去排隊，因為粽子不夠。說她答應了兒子要買二十顆粽子給他。孫女想那真是又誇張又荒謬，即對老太太說了重話。

孫女說，我的份您可以一起給他，我並不希罕這些粽子。這些粽
子已經那麼重了怎麼拿？您能拿嗎？外面還下大雨，您還要我去
排隊？有沒有搞錯？最終，她們還是只買了十四顆粽子，外加一
粒芒果與兩大顆黃豆豉。

　　老太太呆坐在寬大的絨布沙發上，一度覺得自己一直坐著也
不好，即站起身子走動。她把兩隻手反握於背後，圍著大廳走。
進進出出的人不少，有的人以為她是鄰居向她點頭致意，也有的
人走路很快，像一陣風地呼嘯而去。她有點迷失了。

　　她不知道她在哪裡？她也不知道她在這裡做什麼？她甚至忘
記是她的兒子帶她來這裡……

　　此刻，一大團白裡透紅的豬絞肉放於白瓷碗內等待處理，大
把的青蔥也還沒切。一個中年女子正在敲打著花生，只見她將一
把花生放於塑膠袋，再將它放於平台上用桿木棍輕輕地敲打了起
來。那是老太太的媳婦，她看到老太太走進廚房，叫了聲，媽，
您看，我想了個辦法就是把花生米放在塑膠袋裡，再用這個棍子
打一打敲一敲，邊說還做給老太太看，您看，這花生米不就碎了
嗎？以前我們用刀子切的，不小心還會受傷呢！老太太笑著點頭
說，對，這辦法很好。今天小晶要回來吃飯嗎？媳婦答，給他留
一點，他今天說要開會開很晚。

　　老太太來幫忙切蔥，她手腳俐落，把蔥切得又小又細，最重
要的是她又切得快，連媳婦看了都不禁佩服她的婆婆，刀工又細
又快，怎麼學的？媳婦把剛剛打碎的花生米放進絞肉中，及切好

周永忻的《荒然墟原》

的青蔥一起攪拌，又放了醬油與麻油，青蔥刺刺的香味加上清新的堅果味瀰漫於空氣裡。媳婦說，那剩下的工作就麻煩媽了，今天我要改考卷……老太太說，妳就去忙妳的，包餛飩我快的很！才說完就開始動手包餛飩。

說起這老太太包餛飩的速度可真是無人能比，如果金氏世界紀錄有這項包餛飩排名，老太太肯定名列前茅。沒花多少功夫，兩斤的餛飩皮子就包完了。她抬頭望著一旁專心改考卷的媳婦，想問問媳婦肚子餓嗎？而媳婦終究還是瞭解老太太的，她停下了手中的工作，替老太太煮了一大碗的紅油抄手，也替自己煮了一碗清湯餛飩。這是一頓愉悅的婆媳晚餐。

叭！叭！刺耳的喇叭聲不停地響著。一個騎摩托車的中年人在按喇叭。由於下雨，他差點撞到老太太。原來老太太在散步，走著走著竟然走到了馬路邊。大樓的保全人員發現了趕緊把她帶回來。雖是小雨，卻把老太太的白髮弄溼了一些。臉上的水亦不知是淚還是雨。那位好心的保全人員拿了一條毛巾給老太太，還替她倒了杯熱開水。老太太想請保全人員幫個忙問一下，她的兒子到底在哪裡，卻一句話也說不出來。

時間接近晚上十二點，孫女把老太太接了回去。在回家的路上老太太問孫女，妳爸爸到哪裡去了？忘記我在這裡等他了嗎？孫女答，老爸跟那位趙小姐為了房子的事情大吵一架，吵著吵著就跑掉了，兩個人都跑了……是老爸打手機給我，教我來接您回家，順便看您要吃什麼……您這天沒吃什麼東西吧？老太太說，我不餓……剛剛在跟妳媽一起吃餛飩呢！……孫女無言，她心疼地把奶奶的手緊緊握著。

回到家後，孫女煎了一大盤蘿蔔糕，對老太太而言，那是她吃過最好吃最豐盛的一餐。老太太心想，等一下和孫女一起去買菜。決定了，來煮紅燒牛肉麵吧！

周永忻的《荒然墟原》

周永忻的《荒然墟原》

冷城

　　一、

　　一個男人準備出門。電話鈴聲忽然響了。

男人立即開門衝進去。

黑暗中，男人被絆一跤，當他手觸到電話，剛好鈴聲停止。

「……該死……」

他走出大門。

　　二、

．

　　街上人來人往。有人架設攤販的燈，有人擺放要賣的物品，也有小販賣吃的，見攤子不時冒著煙，他們皆為晚上生意做萬全的準備。

　　由於寒流來襲，每個人都把自己包得緊緊，還不停地哈著氣。賣鹽酥雞的攤子前站了幾個人，老闆忙著把炸好的東西起鍋，椅凳上的黑白小電視因收視不清冒出的吱喳聲，遠處充滿拍賣聲、喧嘩聲，交疊呈現出一幅有趣的夜間百態。

　　一對情侶不管旁人眼光大方接吻，李耀回頭望一眼，一絲微笑從嘴角露出，繼續向前走。

把手往口袋掏出煙包，查覺沒煙，便把煙包隨手丟棄在一個已裝滿垃圾的摩托車籃子裡。

從遠處看著那些各式各樣買賣的人，他一副空洞洞的眼神，就只是望著。他進入一家便利商店，買了兩包煙，踅步，又把剛買的煙包打開來拿出一根。

比起其他城市，這兒並不冷，但不知為何，在心底，他總覺得這裡是個很冷的地方。

三、

.

一排小小的階梯映入李耀之眼，暗淡的燈光，門外傳來 Sade 的 Like a Tattoo，低沉嗓音顯得懶洋洋，倒為這樣的空間增添一股朦朧味。

推門進去，少許客人聊天喝著飲料，反而是站立陽台邊的客人比較多。服務生小吳立刻拿著一杯水和點單迎上李耀。他選擇靠窗的位置，先把大衣脫了，坐定後，小吳把東西置放桌上。

「今天喝什麼？」小吳問。

「嗯……義大利濃縮？」李耀說。

「好的。」小吳答。

外面景色燈火燦爛，他燃起了煙，用力吸上幾口。

別的客人進來，小吳又去招呼。

李耀偶爾望著窗外，想那燈火燦爛的背後；或者望著小吳，他其實有些女孩子氣，文謅謅的，動作慢條斯理的收拾離開客人的桌面；屢屢望著牆壁上的那幅畫，鵝黃配著赭紅的大片油彩，畫中的女人眼神帶點哀傷，好像埋怨被硬生生地釘在這家咖啡館這片白牆，唯一的牆壁上。

「……和朋友有約嗎？」小吳把咖啡端到他面前。

「嗯！……謝謝。」把煙捺熄，喝口咖啡。

換了音樂，還是 Sade 唱的，Cherish the Day。鼓聲節奏性地敲著，一聲又一聲，似乎預示著什麼。

四、.

他漸漸回復他的思考狀態。窗外的明亮街燈和車燈，與李耀的憂鬱眼神，形成一個強烈對比，他再也沒轉過頭來，連旁邊客人大聲笑，都沒能引起注意，窗影反射，他彷若看某個東西入迷了。

往下望，一個男人準備過馬路。莫華威到了二樓，推門，一眼即穿透一個背影與那雙獨特的眼神。莫華威走過去，顯得有點風塵僕僕，看出他是趕過來的，於李耀對面位置坐了下來。李耀吸上一口煙，緩緩從嘴裡吐了煙，瞄莫華威一眼，又繼續望著窗外。服務生拿水走過來，莫華威向他要一杯咖啡。

「你煙抽太多了。」莫華威看著煙灰缸裡的一堆煙頭。

「你遲到了。」李耀頭偏過來。

「我剛到機場去接人，」莫華威一邊脫著外套，「到了台北，才到這兒，路上大塞車把我急死了。……她回來了，我剛剛去接她。……」

服務生把咖啡送來。

「我跟她說我還有事，不能陪她。我沒跟她說，我今天其實是和你有約，」他喝口咖啡繼續說……「三年不見，她整個人都瘦了，臉色蒼白。」

李耀拿起煙包裡最後一枝，燃火。

「她沒看見你一副很失望的樣子，在車上，她一直問我你的近況，她還是很關心你……」李耀眼睛躲開莫華威的注視。

倆人進入沈默狀態。

李耀閉眼聽著音樂，Buena Vista Social Club 的 Chan Chan，讓人進入華麗璀璨之旅的想像，一個熱帶雨林氣候的國家，他打著赤腳在充滿森黑的高大樹林裡奔跑……莫華威喝口咖啡，即把它推至角落，他的臉寫滿了疲累，一整個埋於手裡。

五、

佳惠漫步著，道路兩旁公寓式的房子，偶有汽車、機車經過。由於路窄，有輛汽車要開過去，另一輛汽車迎面而來，兩輛車子進退不得，即卡在那兒。兩輛車子中間有個空隙，她過了街從空隙中走出。那是一排七層樓的公寓，她走至一個大門停下來按電鈴。

「喂！誰啊？」老邁的聲音。

「媽！佳惠。」

講機吵雜一陣，大門開了。

佳惠走了五層樓梯，聽到李媽媽在六樓的叫聲。

「誰呀？」

「媽，是我，佳惠。」佳惠快步走上六F。

「佳惠！妳不是……」李媽媽有些驚訝。「真的是妳，快請進，快請進，外頭很冷！」

映入眼簾的是一個明亮、寬敞的客廳，兩個木製書櫃從天花板頂到地，堆疊了各式各樣的書報，分別置於兩旁，中間擺放古樸的舊沙發，沙發上散亂著椅墊。

「坐，坐……」李媽媽把沙發上的墊子弄弄，「房子有點亂……」

「沒關係啦！媽……」

「……我去給妳沏茶……」李媽媽剛要坐下，才想到什麼，起身去廚房。

「媽，不用麻煩了。」佳惠對著廚房說。

她環視著這個房子，摸摸櫃子裡的書，觸碰吊掛於勾子上的風鈴，讓它發出清脆聲響。隨即又拿起放在茶几上的照片，望著出神。

「天氣這麼冷，喝點熱茶暖暖身體……」李媽媽把熱水沖到

周永忻的《荒然墟原》

杯子裡，搖晃著把水倒出，從茶葉罐裡拿出一些茶葉放入杯子，再把熱水倒入兩個杯子裡。當她做這些事情的時候，如此繁複的程序，純熟動作教佳惠看的有些恍神。

「來，喝茶！」

「謝謝媽。」

「別客氣。」

佳惠和李媽各自喝了一口茶，她的眼裡透著不安，不時陷入遐思。李媽媽從小櫃子拿出餅乾，放於盤子上。

「吃塊餅乾，來。」一塊放到自己嘴裡，一塊拿給佳惠。

佳惠接過餅乾，邊喝茶，邊把茶吹著。

「妳瘦了，佳惠，我有好幾年沒見到妳了？」

「我也好久沒見到您了。」她突然想起什麼似的，「對了，」從皮包裡拿出一盒東西，「這是在美國我買的，應該是人蔘之類的，聽說對老人身體很有幫助……」

「人來就好了，幹嘛這麼客氣？」

「您最近在忙些什麼？」

「還不就是學校的社團嘛！幾個退休的老師搞的一個什麼舞蹈社，偶爾過去幫幫忙……」李媽媽笑了，「有時候還會去散散步啦，跳跳舞啦！」

「……難怪媽媽看起來一點都不老！」佳惠也笑了。

李媽媽拿著茶壺替自己倒了些開水，想要替佳惠也倒些，她微笑搖手拒絕。

「人還是老了……牙齒常常痛……」

「有看醫生嗎？」

「啊呀！太麻煩了。」

「不會啦，改天幫您掛號好嗎？」佳惠看著手錶，僵硬而不很自然地從沙發上站起。「我該走了，好好照顧身體，如果有機會，下次再來看媽。」

佳惠從樓梯下來。

方才儼然讓她再次回到那樣的夢境，赤裸著身體，整個人被泥沙衝著往下掉，停也停不住，想叫救命卻怎樣也喊不出來，等她醒來時，總是汗水淋淋。

靠住大門定了定神，佳惠往街上走去。

六、.

海天接壤處密佈紫紅色的雲彩，小孩們一旁嬉戲。遠遠地，有個工廠朝天空噴出濃烈的黑煙，海水閃爍藍灰的光澤。李耀披著牛仔外套，手上拿著啤酒罐走向海邊，海浪一波一波打上來，褲子被微微弄濕，一位十七歲的女孩正把身邊的石頭丟進海裡。

他靠坐於一塊大石，當女孩丟石頭時，海水濺得他衣服都濕了，但他完全沒知察，眼睛直直朝向遠方，叼的煙也濕了。他回望女孩一眼，又繼續原來的狀態。

「對不起對不起！」女孩慌張的說。

李耀並不想搭理她，女孩把手裡的石頭放了，坐在李耀旁邊。

「你好啊！我叫小羽。」女孩向他自我介紹。

李耀把嘴邊濕了的煙丟了，又從煙包取出一根煙，用打火機點燃，把煙包給小羽，小羽向他搖手。

「謝謝，我不抽。……對了，你可以告訴我，你叫什麼名字嗎？」

「……李耀。」

「剛才實在對不起，我在這兒等人，等煩了，所以才在丟石頭。」

李耀沒有任何反應。

小羽繼續說，「我其實也會抽煙啦，但不是很喜歡，偶爾抽一根煙解解悶可以的，可叫我上癮，很難哦！我每天在酒吧裡上班，可把我嗆死了。」

李耀不屑的瞄了小羽一眼。

「你別聽到酒吧這兩個字，就以為我是做那種陪酒的，才不是呢！我是負責調酒的，可以算是調酒師，因為它的小費很多，所以嘍！」

「而且做陪酒小姐有什麼好？又沒有本錢去露，幹嘛？……聽說那些小姐身材都很好……」小羽沒頭沒腦劈哩啪拉說了一堆。

他不覺得這位女孩討厭，不過真的無話好說，卻也繼續聽著女孩的唸叨。繼而開始和女孩有一搭沒一搭的聊著。

「……妳上學嗎？」

「我上高中二年級，還有一年就要畢業了，那時候我也存夠錢了，我就可以到世界各地去看看了。」

「很好啊！」李耀點點頭。浪花一層層撲上來，甚至有愈來愈高的趨勢，他深鎖眉頭。

「我的話很多，是嗎？沒辦法，天生的話多，一碰到人就吱吱喳喳說個不停……」

小羽想起什麼，「啊！糟了，現在幾點了？」她看了一下左手，懊惱嘀咕，「沒帶手錶……」

李耀看著手錶，「五點一刻。」

「這麼晚了？這個死阿金，怎麼還沒來呢？算了，不等了，我要上班了，很高興認識你，握個手吧？」她伸出右手來。

和李耀握了手，小羽跑著離開。

天色已暗，星星一顆一顆地亮起。

無邊無際的大海那頭，是天堂嗎？李耀心底這樣問著。

七、

莫華威正在翻閱一本厚重的原文書，桌上擺滿一本本攤開的書。他的手校對書的某一行，將書放下，又去翻閱另一本書。女同學從背包裡拿出一本筆記本，經過莫華威的旁邊。

「嗨！莫華威，原來你在這兒，害我都找不到，」女同學手上拿著本子，「哪！這是給你的。」

「謝了。」莫華威接過本子，翻了翻，「改天回請妳，OK！……我現在要走了。」

「好，那就一起走。」

莫華威把書上資料抄寫紙上，稍微做了整理。接著把一本一本的厚重書放回書架上。把桌上文件全部放進他的書包，女同學在旁等著。兩人走出研究室，於長長迴廊裡走著。

八、.

校門口學生進進出出，莫華威從很遠的地方即看到佳惠，舉手和她打招呼，手上圍巾跟著他跑步飛揚。

「……沒等很久吧？……」莫華威一面喘氣，一面把圍巾圍在脖子上。

「沒有。」

「……沒辦法，我在趕論文，希望明年能把博士拿到……」

漸漸，莫華威走的較快。

他回頭問，「……想去哪兒？」

佳惠沒有回答。

九、

天色露出欲下雨的陰白。

「……我早該想到的，不是嗎？」佳惠望著那平靜的海，「……打從一開始……只是一直欺騙自己……」她努力不讓淚水落下。

空氣恍若停止供應。

佳惠目光炯炯轉向李耀，「那你為什麼要跟我結婚？」

李耀不是不知道要回答，只是他選擇了沉默。因為，不管如何，從頭到尾，他都是錯的。

但她還是要問，不死心。

「說話啊？」

「……只是為了一個交代。」李耀把手插入口袋。

「交代？哈！好一個交代！好一個冠冕堂皇的理由，那你對我如何交代？你說？」她一個拳頭搥打到李耀身上，「你說呀？」眼淚滿臉，一陣亂打。

「……說話啊！」聲淚俱下，李耀仍舊安靜隨她。

十、

遠方傳來海浪拍打岸邊的聲音，火苗迅速湮沒佳惠正在燒的信紙、信封，火光映於佳惠與莫華威的眼中。

「我在那裡一直想著這裡，現在我人到了這裡，卻又恨不得逃離這裡，很想忘記又一直記在心裡，」佳惠面帶微笑，仍然掩飾不了心中的痛，「人就是這樣矛盾！」

「妳一去就是三年……也不寫封信給我，那個時候我真的感覺，身邊少了什麼……」莫華威臉上儼如著火般痛苦又失落的表情。「……就好像妳在這世上消失了，一直到現在見到妳，我都以為我還在做夢呢！」

「……我倒認為我在夢遊呢！」

「這次回來，不會再走了吧？」

佳惠眼中閃著淚光，「……你一定會笑我是傻瓜，怎還守著他？」

莫華威撿了一根枯枝隨意在地上畫畫。

「我早就知道……」他輕聲說出了這句話。

「你早就知道？」佳惠像受刺激，嘴角抽搐，使她不得不搗住自己的嘴，卻又大聲叫了出來，「啊！……啊！……你為什麼不說呢？你把我當什麼？你把我當什麼啊？」莫華威想要靠近安撫，被她一手推開，

「把你當我像親哥哥一般，把你當我最好的朋友，那你呢？」她哭得唏哩嘩啦的，「他利用我的感情當兒戲，那你呢？你是不是也跟他一樣在利用我？你說呀？你的耳朵聾了，還是嘴巴啞了？」

「我無話可說……」莫華威緊緊抱住佳惠，在她耳邊輕輕說，「……我愛妳……」

忽然她瞧見一個男人裸著身體和李耀狂吻，佳惠連忙推開莫華威。

周永忻的《荒然墟原》

十一、

慾念侵蝕著夜。

蠢蠢欲動的氣氛，在找尋，在游離，一個角落接著一個角落。

急促的呼吸，黏膩的汗水，於兩個男人一線伸展。

直到凌晨，兩人狂歡至死！

只管那電話錄音直響著，「你好，我是莫華威，請留話。」

十二、

路上沒什麼行人，只有一盞路燈照著電話亭。李耀進入電話亭，拿起電話撥號碼。

「你好，我是莫華威，請留話。」

打了幾次，還是那句，「你好，我是莫華威，請留話。」

李耀失望的把電話掛了，蹲坐於電話亭下，用力把頭撞向玻璃。

十三、

一間小小的排練室，正排演一個劇名叫「火車」的戲。

演員們配合音樂做著誇張的動作。

周永忻的《荒然墟原》

「火車是由一節一節的車廂所組合而成⋯⋯」演員 A 說。

「⋯⋯車廂有很多種呀！⋯⋯喜怒哀樂、悲歡離合，什麼都有⋯⋯只要買票就行了。」演員 B 說。

「先上車後補票⋯⋯」演員 C 說。

「啊！什麼！」演員 A 和演員 B 一起轟聲說。

導演梁奕君正在和李耀看著演員們排戲，並一面討論一些問題。

「不行，再重來。」奕君說，演員們得重新調整動作。

「再來，不演好不能回家。」對著李耀說，「對於問題癥結在於政策的改變？你的看法是這樣？」

李耀點點頭。

「⋯⋯那麼，這樣說，也只是在這裡空談，過一兩年也許會有變化吧！」奕君說。

「應該會。」李耀聳聳肩。

「連你都這樣說，我想就只有等了。」奕君洩氣的說。「好了，今天就到這裡！」他看著牆上的鐘，「時間不早了，明天早點來！」

一群人打鬧著，沒一會兒，只剩奕君和李耀兩個人，互相點煙。

奕君從椅上站起來，李耀則把腳抬到椅子上，整個身體靠在牆上，把眼睛閉起養神。

「⋯⋯我發現你變了，最近一年以來⋯⋯人家不跟我說，我還沒想到，我也快不認識你了……話說得這麼少，到底是怎麼回事，上次開同學會也是，有很多人都說你變了……」奕君說。

「人總是會變的……」李耀眼睛滿佈紅絲。

「你很累？」奕君說，「早點回去，嗯？」

李耀笑笑，從椅上站起來，瀟灑走出大門，「我還有約會呢！」

「都幾點了？十點多了，還有約會？」奕君大喊著，「喂！別在外面混太久！」

李耀頭也不回，只把手舉起搖了幾下。

對於李耀，奕君總懷著惜才的態度，也像大哥在照顧他，論年紀，李耀還比他差個一歲呢。望著他離去的背影，奕君總覺不忍。

十四、

綿綿細雨不停，久了真會令人生厭。李耀把風衣領口用手撐著在路上走。

巷道裡酒吧密集，進入巷子口，一眼即看到兩個影子，是佳惠和莫華威。他閉上眼睛，做了深呼吸，睜開眼睛。等他們進入酒吧，才又繼續前進。

酒吧裡放著吵雜的音樂，各式各樣男男女女進進出出，不乏有外國人。李耀一接近櫃台，那位在海邊認識的小女孩認出了他。

周永忻的《荒然墟原》

「喂！還記得我嗎？我是那個愛說話的小羽，記得嗎？」

李耀沒有很注意聽，只是點頭微笑。

小羽頗有架勢，搖晃著手中的瓶子，「你是一人來的，還是陪朋友一起來的？」她把瓶子的東西倒進杯子裡。

李耀表示聽不清楚，一邊抬頭找人。

小羽更大聲了，「我是想說，如果是你一人來的，我請你的客！」說完，又開始搖晃著瓶子。

李耀把煙點起，似覺沒聽到，或者沒聽懂小羽說的話。

莫華威朝著李耀走過來。他跟莫華威走了，小羽則轉過身去和侍者說話。

「我沒辦法不理她⋯⋯我還是把她帶來⋯⋯」莫華威邊走邊說。

三個人一塊坐在一個安靜角落，佳惠靜在一旁，望著李耀。

服務生走過來把一杯紅酒給了李耀。

「先生，這是我們的小羽請你的。」他指著櫃台。

「請等一下，」李耀用手掏著口袋，拿出一張千元大鈔，「這是給她的小費。」

服務生恭敬地離開。

「喲！什麼時候也開始泡上小妞來了？出手還這麼大方！」佳惠帶些酸溜溜的口氣。

莫華威靜靜坐在一邊，不知在看什麼。

李耀沒有很注意聽佳惠說話。

「……我去看過媽了，她說要你常常回去看看她。」李耀點點頭。

李耀和莫華威一副專心聽音樂的樣子，佳惠望著李耀的臉，愛恨交織的情緒心頭起伏，整個人陷入回憶裡。

十五、

大伙朋友揹著登山包走在山路上，李耀、佳惠也在其中。李耀和其中一人聊著，一群朋友愉快走著。

佳惠自己走到一個奇怪的地方，像是空屋，她進去走走，正要離開時，突然幾隻狼狗追來，佳惠開始逃跑。狼狗聲音愈來愈靠近佳惠。

「救命啊！」

有人聽到聲音，回頭去看。

「喂！好像有人在求救耶？」A說。

「咦？」B說，「……我好像也聽到了……」

「救命啊！」聲音似近似遠。

「我們分頭去找。」C說。

「咦！怎麼沒有看到佳惠？」B檢查著人數說。

一陣慘叫，「啊……！救命啊！」

「搞不好就是佳惠。」

大家開始分散去找人。結果由李耀找到佳惠，那時狼狗已經沒有再追，只是偶爾會此起彼落的叫幾聲。

「妳沒事吧？」李耀和佳惠坐在草地上休息。

「沒事，只是……覺得那兒好像迷宮……」佳惠瞇了瞇眼，覷著遠處。

「……沒事就好。」李耀從草地上站起，摸了摸佳惠的頭。

十六、

佳惠的臉上出現似笑非笑的表情，繼續沉思。

十七、

婚紗店裡各式各樣的禮服，牆壁掛著幾副幸福的照片，服務小姐正招呼另外一組來看禮服的客人。佳惠剛好換上一套粉紅色的禮服，看起來挺美，李耀無心看著佳惠，坐在旁邊翻閱雜誌。

佳惠兩手拉高著長裙，走到李耀面前，「看一下吧！出點意見。」

「這一套也不錯！很好啊！」他又低下頭看雜誌。

「請你出點主意好不好？」

「小姐，妳已經換了五六件了，還不夠嗎？」

這時服務小姐拿出一套挺高貴的禮服來。

「我想試穿一下這件，可以嗎？」

「可以，請跟我來。」

莫華威從大門走進來，拍拍李耀肩膀，「嗨！選好了嗎？」

「還沒呢！」

莫華威一面坐下，一面也拿起雜誌翻閱。

倆人有意無意的交談，莫華威撫弄沙發上的什麼，李耀看了莫華威一眼，漫不經心望著外面。

服務小姐把佳惠從換衣間牽出來，展現眼前的真是一位漂亮新娘。

「李耀，怎樣？」這才注意到莫華威，「咦！華威你不是下午有課嗎？真高興看到你！」

莫華威看得有點發呆，李耀只有抬頭望了一眼，繼續看著雜誌。

「喂！你們兩位男士可以出些意見吧！李耀先說！」

「妳喜歡就行了。」

「我和李耀看法一樣…….我只看到妳穿這件就很美了說。」

「哈哈！」佳惠歡喜拍手，「太好了！我就要這套了。」

「因為有人先訂了這套衣服，所以如果妳也要，請先登記。」服務小姐說。

「好！」

當服務小姐帶佳惠去換衣服，無意聽到李耀對莫華威說的話。

「我開始後悔玩這種無聊的遊戲。」

頓時，佳惠的眼眶紅了。

十八、

音樂依舊吵雜，客人依然進進出出。
佳惠把酒一飲而盡，再度陷入回憶。

十九、

客廳裡掛著李耀和佳惠的結婚照，沙發上堆滿了書和雜誌，報紙到處都是。
天色已暗，屋裡沒有開燈，再加上窗帘拉著，看起來像是沒人，仔細一聽房裡一陣急促的呼吸聲，一盞小燈亮著。
房門半掩半開，佳惠從外面回來，半開的房門中，兩具裸體汗流浹背，交疊一起。
她退後好幾步，把玻璃杯碰掉到地，砰的一聲。
男人倆皆嚇一跳，李耀邊穿衣服，邊從房裡跑出來。佳惠整個人呆住，看著衣衫不整的李耀，她立即拔腿就跑。

二十、

佳惠跑著，彷似在夢中，灰霧瀰漫，她看不到前面，只得努力跑。

大霧中，她又看到李耀和一個男人狂野做愛。

她跌了一大跤，淚如雨下，仍奮力爬起，忍痛地。

二十一、

佳惠眼淚不停從臉上滑落。

「我要先走了。」頭也不回。

「你也可以跟她一起走。」李耀說。

莫華威只是抽著煙。

此刻，音樂轉為快節奏的舞曲，咖啡廳當服務生的小吳也在這裡，跳著勁舞吸引觀眾目光，眾人為之鼓掌叫好。

二十二、

雨後。紅綠燈近乎失去控制一閃一閃的，凌晨時分，街道沒有什麼人車。李耀與莫華威一前一後走著。

一個公寓大門映在眼前，李耀從口袋裡掏出一把鑰匙開門。倆人一起進去。

二十三、

進了房，李耀開了日光燈，燈先是微微閃著，他脫下風衣，走向冰箱。

　　燈大亮之後，有點可愛的小客廳映於眼前，書架上擺了一些零零落落的書，木製畫架有個大幅未完成的畫，旁邊堆滿畫具，還有個小茶几，擺了抬燈，三張椅子，地上鋪了一塊地毯，牆上一張畫像，李耀的畫像，底下簽的名字是：莫華威。

　　莫坐在椅子上，李耀拿了啤酒過來。

　　「我看得出來，你不高興。」莫說。

　　李耀把身體靠在椅背上，「我已經說過，你想怎樣就怎樣！」他喝口啤酒。

　　「你還要怎樣？……我沒有忘記我們之間的約定……」莫用手指逗弄著李耀的臉，「只是，你要給我多一點時間。」

　　李耀閉上眼睛，「我要給你多少時間才夠？你說？」

　　「我只是對她有些內疚……」莫說。

　　李耀撇開他的手，「不要老是把話題扯到她！」

　　「你有沒有搞錯？」莫笑了，「她不是別人，她曾經是你老婆。」

　　李耀模仿著莫，「你應該尊重她……又來了。」

　　「我不知道為什麼每次我一見到她，那種強烈情感就會出現……」莫說。

　　李耀把酒一口氣喝光。

　　「我不在乎，我真的不在乎，你他媽的要做偉大的學者，那是你家的事！」他站起進房，把門大聲關起。

莫華威嘆了一口長氣。

二十四、

佳惠一人坐在吧台上，喝著酒。酒保默默洗著杯子，佳惠繼續向他要了酒，這是她第五杯酒，看起來已經醉了。

她用手指著酒保，聲音愈來愈大，「來！陪我喝一杯，現在不要洗那些東西，陪陪我說說話嘛！」酒保看了她一眼，沒有說話。

「……你們男人全都是自私的傢伙，」她趴在吧台上哭。「我哥哥丟下我一人不管，連我最愛的男人都不要我……」

「放個音樂給妳聽，或許會心情好些！」酒保看看她。

「我哥是個很好的人，不應該罵他的……」

佳惠並未注意聽音樂，酒保則是一面洗著東西，還是很有耐心的聽她說話。

音樂夾雜海浪拍打的聲音。

「他常常逗我哭，又逗我笑……」她又哭又笑，「當我想說話時，他可以陪我說上三天三夜，……他每一次都會故意拿臭的東西給我，叫我聞聞看，還騙我好香……」

酒保好奇的把頭轉向她，「妳哥現在人呢？」

「上天堂了。」

酒保一臉錯愕。

「癌症！……如果早點長大，我應該可以幫他的……」佳惠幽幽的說。

酒保聳聳肩膀。

佳惠開始注意這音樂，啪的海浪一直飄呀飄的。

「這音樂真好聽哪……」喃喃地。

「主題是海，是我自己跑到海邊錄的，那感覺真的很棒……」酒保好像在對佳惠說話，又像似與自己對話。

整個夜裡，最後只剩下關於「海」的音樂。

二十五、

星期六下午的排演室裡，學員陸陸續續從外面進來。李耀等學員都到齊了，開始說話。

「今天梁導演有事不能來，由我來代，那麼……剛才有人問我舞台表演如何下定義……」有個學員匆忙跑進來。

「我不是學表演出身的，我是學美術的，所以我不可能在這裡班門弄斧，或是告訴各位說，這樣演是正確，那樣演就不對，這種藝術是沒有什麼對錯可言的，那……我演過幾齣戲，我自己對舞台表演所得到的體驗，是舞台表演這個名詞只有在和觀眾正面接觸的時候才是真正存在……因為演員和觀眾有時候依存的『施與受』，並非單純存在的。」

職員敲敲排演室外的玻璃，向李耀比了一個電話的手勢。

「好了，就說到這，你們先去排戲！」李耀離開教室。他一邊和職員打聲招呼，一邊一把抓起電話。

「喂！我是李耀，請問哪位？……哦，媽！什麼事，回家吃飯？好。拜拜！」

「母親大人叫你回去吃飯？」職員問。

李耀笑而不答。

二十六、

佳惠全裸，整個人像掉入飄渺的茫霧中，身體一直往下掉，無止盡的。

午後熾烈的陽光照進房間，刺得她睜不開眼。她不想起床，真的很不想。她必須非常努力，才能從床上爬起來。

她把音響打開，喇叭播出一段優美的，帶點爵士風味的法文情歌。

她以手抱膝在床，不斷自問，那是我嗎？那真的是我嗎？

二十七、

李耀進了大門，把外套脫下來。

「……媽！」

李媽媽拿著炒好的菜從廚房走出來，「回來啦！要是我不打電話給你，你就不會回家。」又走進廚房。

他坐在客廳裡，拿出報紙來看，聽到廚房裡還有別的女人聲音，心裡清楚那是誰。

佳惠端著湯出來，倆人一臉尷尬，「嗨！你回來了。」

李耀點頭，把報紙收起，「來吧，」他從沙發上站起，「我來幫忙。」

佳惠和李耀兩人一起擺碗筷。

李媽媽又從廚房端出一盤菜，三人圍坐飯桌前吃飯。

「來，」李媽媽邊夾菜給佳惠，「佳惠，多吃點，妳太瘦了。」

佳惠也夾菜給李媽媽，「媽！您更應該多吃點。」接著夾了一些菜給李耀。他沒什麼表示，只是悶頭吃飯。

「妳的工作找的怎樣？」還是李媽媽先開口了。

「可能還是會回到從前的醫院吧，還在等消息，我的老師希望我去他那邊……」佳惠又幫李耀夾菜。

「……我們好像回到以前，真好，」李媽媽說，「……李耀，你說是不？」

「媽……不要……」佳惠插嘴。

「今天趁著你們兩位在這，給我好好說一說，到底，你們三年前離婚的理由是什麼？」

「不是已經說過幾遍了？個性不合。」李耀把筷子放下。

「我不相信，這算哪門子理由？還有，佳惠，離婚前到底發生什麼事，妳總是吞吞吐吐，是不是李耀做了什麼對不起妳的事？」李媽媽質問。

「吃飽了，我要走了。」李耀有點不耐，站起。

「你不要逃避！」李媽媽斥責。

李耀已拿起外套，準備離開。

「……媽，我跟李耀出去走走……」佳惠急忙說。

大門關上，只剩下老媽媽沮喪地坐於椅子上。

二十八、

那是一條特別的巷子，兩旁種滿大樹，算是在擁塞市區裡難得見到的林蔭巷道，說是巷弄，好像也不太對，因為還算寬敞，佳惠喜歡這條街，常常自己在這裡晃晃，此時與李耀在這走著，應該是別有一番滋味。

「剛剛謝謝妳。」

「不用謝……我也是為了我自己。」佳惠淡然一笑，「從認識你到和你結婚、離婚，我就註定要跌入萬丈深淵。」

李耀無言。

「……你現在快樂嗎？」佳惠仍然笑著。

李耀有種想要安慰，抱抱佳惠的衝動，但是他控制住了。他從來就不是一個好人，面對佳惠，他心底那股深深的愧疚一直無所釋放。

「哪天把你朋友帶來，給我認識認識！嗯？」她口氣透著無奈，卻又必須假裝輕鬆。

李耀突然接觸佳惠的目光。「有機會的話。」他急忙把目光移開，從口袋裡拿出煙來抽。

二十九、

校園一片鬧哄哄的，一個主持人帶頭喊著口號。

巨大的標語「請支持同志平權運動」貼在看板上。主持人拿著麥克風說話，很多學生聚集，但有更多學生用觀望而不靠近的態度。

「我們有權利要求自己的空間⋯⋯我們已經一而再、再而三的請求學校⋯⋯不要介入，不要打壓我們⋯⋯更不要為我們這群學生貼上異樣的標籤⋯⋯」

莫華威在校園走著。

「一定有幕後黑手介入，一定要把它揪出來⋯⋯不要讓他們破壞我們唯一的空間⋯⋯」主持人聲音從擴音器出來，聲聲像刺一般，從莫華威心底深深刺進，他走進廁所。

打開水龍頭，他用冷水沖洗自己的臉，使力搓揉。想到李耀的手，那是一雙標準藝術家的手，很溫暖的⋯⋯他望著鏡中的自己，想到幾次和一個老男人激烈做愛，那個老青蛙，真的很像⋯⋯兩個人他都愛，卻也不愛。糾纏並不是他的作風，卻是所有人類關係中無休無止的表現方式。

他不禁咬住自己的嘴唇，再度想起穿婚紗的佳惠，未曾見過如此美麗的她……

「砰」的一聲，打斷莫華威的思緒，他走出廁所。

走道上一堆玻璃碎片，聽到聲音的學生們急忙跑出來看，他也只是冷冷瞄了一眼。

三十、

公園裡小孩愉快地嬉戲，玩著溜滑梯，盪鞦韆。老人們圍在一起聊天，有的年輕小伙子在公園游盪。賣香腸的小販一邊嚼檳榔，一邊用報紙煽著烤爐上的香腸。一個小孩用手指著香腸，他爺爺在另一邊跟他招手，示意叫他過來。

李媽媽一人無聊坐著。

一對年約七十歲的老夫妻，牽著手走在健康步道上。另一對老夫妻帶著雙胞胎出來散步，其中一個吵著要奶奶抱，他們正享受含飴弄孫的樂趣。

看著這些情景，李媽媽一副羨慕又茫然若失。蒼穹佈滿了赭紅，有些起風。她從椅子上站起，慢慢踅步，背影落寞。

三十一、

　　李耀手拿著報紙散步。小羽垂頭喪氣，從一個公寓門口走出來，揹著一個背包，在路上走著，看到李耀，上前打招呼。

　　「喂！我們還真有緣呢！」小羽說。

　　「嗯，嗨！」李耀臉上沒什麼表情。

　　「看你心情還不錯嘛！可今天換我不好啦。」

　　「嗯！說說看。」李耀其實並不想理她，說話也只是基於禮貌。

　　「我被男朋友耍了，這個死阿仁和阿金聯合起來把我騙了，然後呢居然要我搬家，你說，氣不氣人？他有沒有搞錯，當初是他三催四請，我才跟他在一起耶，真是該死……」小羽快速的說完。

　　她看了李耀一眼。不好意思的笑笑，「話太多了，是吧！」

　　「話說出來，舒服一點。」李耀說。

　　「糟的是我今天沒地方睡覺，也沒地方做功課，我快要考試了！」

　　「妳家呢？妳應該跟妳家人說。」

　　「我家在南部，我一個人北上來唸書的。」

　　李耀和小羽一起過馬路，走到一個大樓前停下。

　　「妳在這裡等我一下，我馬上下來。」

　　大樓前有一個廣告欄，上面貼了一個劇團演出的廣告：「欣

禾劇團」，團長及導演：梁奕君，企劃：李耀，演員：……小羽
看著李耀從電梯裡走出來，也就沒有繼續讀下去。

兩人共同跨上摩托車，奔馳而去。

三十二、

鬧哄哄的夜市到處都是人，李耀和小羽在人群裡走著，到一
個麵攤前停下。兩人各叫了一碗麵吃著。

李耀先吃完，在等小羽。

她喝了幾口湯，「吃飽了，對了，為了謝謝你上次給我這麼
豐厚的小費，我請客。」

李耀掏出錢來，「……下次吧。」

他們在路上閒蕩，經過一家店，喇叭大聲流洩熱情的歌聲：

「...You are you are the closest thing to heaven, you are, you are...」

小羽跟著哼唱起來，「You are you are...」

三十三、

小羽進了客廳，環視房內，對一切充滿好奇。李耀從冰箱裡
取出兩瓶飲料，一瓶給小羽。

「謝謝。」她說，並望著一個房門問，「……你結婚了嗎？」
那房門上貼了「囍」字。李耀把啤酒打開來喝幾口，小羽好奇的

翻著桌上畫畫本。

「你是個畫家嗎？」她翻到一張畫，開始評論起來，「這張畫顏色很棒，」又翻到一張畫像，「這是誰？」

「對不起。」她也察覺這樣不對，連忙把東西放好。

「我是畫畫的，但現在不畫了，因為發現有人畫的比我好。」李耀說。

小羽手指著牆上的畫，「是他嗎？」

「妳不是喜歡剛剛那張嗎？送妳。」李耀從畫冊裡拿出那張畫。

「送我？真的？」小羽興奮。

那是一個城堡，黃黃天空下配著深紫色的海，柔柔的，象徵沉默外表裡其實藏著熱情澎湃的心……小羽用手小心地細細在畫上描繪。

剛好莫華威從大門走進來。

「嗨！李耀在房裡。」

李耀從房裡走出，「他是莫華威，妳說妳叫什麼來的？」

「小羽。」

「嗨！」莫華威舉起手。

「你是莫華威？那幅畫是你畫的？」小羽指著牆上的畫，「畫的很像，我是不懂畫畫的那些玩意，但至少看得出來，你把人物的精神畫出來，尤其是那雙憂鬱的眼神……」

她看著兩個人，「哈哈！我話又多起來。」

莫華威笑了，「沒關係！」他向李耀使了一個眼色，把李耀推到冰箱那邊。「你還真像佳惠說的，在泡小妞？」

李耀把飲料重重的往莫華威手上放，「去你的。」

「好個憂鬱眼神，想當初你就是以憂鬱眼神把佳惠給迷走的。」

李耀生氣，「你再給我說？」

莫華威知趣的住了口，走到小羽的身旁坐下，打開飲料罐喝著。

「你睡這兒？」

「有時候。」莫華威說。

小羽無聊的把玩著椅墊，李耀從房裡走出來。

「好啦！房間整理好了，去睡吧。」他說。

「謝謝你，我的李大哥，我會儘快找到房子，然後搬家。」

三十四、

房裡除了床，書架上全放著書，外文、中文都有，清一色都是和美術有關的書，書桌上擺了一個相框，是李耀和莫華威的一張合照，旁邊有剪過的痕跡，顯然，和他們照相的還有其他人。小羽把李耀剛送的那幅 8 x 10 的粉彩畫拿近又拿遠的靜觀，也拿起那相框仔細欣賞。她偷偷走到門縫邊窺覰，李耀和莫華威坐於地上談論著什麼。她坐在床上，覰著房間的一切，眼光落在衣櫃旁突出的報紙蓋的一捆東西上，她忍不住自己的好奇心，把它搬開來看，原來是個大相框——李耀和佳惠的結婚照，灰塵已蓋住顏色的光彩，小羽使盡力氣，把它弄回原來的樣子。

三十五、

李耀打開日記，於日記上寫下：

「在喧囂擾攘的穹蒼下，人們帶著熾熱的情感生活著，也必須懷著永恆的憂悒死去。生死的因果輪迴，殊不知，已是宇宙中必有的行為狀態。」

「這是人間的天堂抑或絕望的深淵……」喃喃自語。

繼續埋頭寫著：

「這是個充滿醜惡的年代，墮落和頹廢是唯一的生活手段。當人不像人，鬼不像鬼，世界早已敗落到無法沉淪的地步時，所有的妖靈魔咒都將使之跌入不復深淵。弔詭的是歷史總是不停的重覆。」

三十六、

莫華威已睡，微暗燈光照於床頭，李耀倚靠在床邊，望著莫華威的臉，他心裡其實一直看得非常清楚，清楚這個人不會一直屬於他，總有一天他們終將回歸陌生。他輕輕地吻著，他的臉，他的耳朵，他的身體⋯⋯

　　黑暗中，莫華威於床上坐起，準備拿出煙來抽，用打火機點著，在火的微光中，他見到李耀臉上殘餘著眼淚。

　　三十七、

　　客廳桌子上已經放了三杯牛奶、麵包。

　　莫華威穿著睡衣從房裡出來，小羽從廚房端出盤子，盤子裡裝的是三個荷包蛋。

　　「早安，」小羽說，「不對，現在應該喊午安了，已經快中午了，⋯⋯我看你們睡的很熟，肚子很餓，剛好冰箱裡還剩下三個雞蛋，所以⋯⋯」

　　「就把這當成自家吧，嗯。」莫華威說。

　　小羽微笑的點點頭。

　　「妳剛剛不是說肚子餓嗎？妳可以先吃。」

　　「不太好吧？李大哥還沒起床。」

　　「吃吧，我等他就行了。」

　　「好吧！」小羽吃著麵包，「對了，怎麼沒看到李大哥的太太？」

　　「他跟妳說他結婚了嗎？」

　　「咦⋯⋯」

　　莫華威一副想要作弄小羽的表情。

他一面抓起麵包吃著，大聲叫，「李耀！起床啦！」又對小羽說，「今天禮拜天，妳有什麼計劃？」

感覺牛奶殘留於唇上，她用舌頭舔了舔上唇，「下午看書，晚上上班。」

莫華威敷衍點頭，接著又大聲叫，「李耀！起床。」

三十八、

李耀一襲白衣，高高舉著一支蠟燭，在房裡走動。蠟燭亮光游離，仍可看到這個房裡的擺飾，有些照片，也有些畫布，而那些油畫因蠟燭照射呈現不同的光澤。一群人裸身帶著惡魔面具出現，他們個個手舉火炬，哼著曲調。李耀一步一步登上台階。

「我就像迷途羔羊，找不到回家的路，有人在山的另一側大聲疾呼……有人在重重森林後……」

他登高一階，到達舞台最頂端。

「我是多麼希望你也跟著我，我可以帶你去看看天上最美麗的那顆星星……」

群魔們忽然消失了，曲調依然存在，但也愈來愈小聲。

一片火海向著李耀撲過去。

三十九、

李耀騎著摩托車送小羽到酒吧門口。把車停在一排都是摩托車的地方。停定後，坐於車上，拿出口袋裡的煙包，只剩一根，把煙點燃，垃圾握在手裡。

一家咖啡店的窗前，撞見莫華威和一個老男人，狀似親密。

李耀自嘲，發動摩托車的引擎，向前奔去。

假日滿滿的人車，扭曲的大街。剎那間，他感到忍無可忍的疼痛，即使早已那麼明白最後只剩下自己的感覺，總是耗費渾身力量在抗拒陽光，總是安靜挖掘深不見底的黑洞。

四十、

李耀進了咖啡廳把小吳拉走，快速穿越人群，穿越樓梯，來到男廁所。

他把小吳壓在牆壁上，「你要我嗎？……不要以為我不知道你和別人玩的把戲……」不等小吳回答，他開始動作激烈的狂吻小吳。

小吳有些不知所措，繼而大笑了起來。兩個男人在地上拉扯打滾，狂亂地……

李耀粗暴的踢打牆壁、踢打小吳。

小吳抱頭痛哭。

李耀打開水龍頭，拼命用手搓洗自己的臉。走出廁所，他臉上有瘀傷，衣衫也有些邋遢，引起不少路人側目。

四十一、

客廳一片凌亂，到處堆滿了畫，李耀一邊抽煙，一邊把畫畫的顏料一堆從袋裡拿出來，有的不小心從手裡滾落到地上。他從木質調色板上調好顏色，再將顏色大筆大筆的落於畫布，發洩心裡的不安。不知過了多久，他睡著了。

小羽從外面回來，關門聲驚醒李耀，看著客廳的這一切，小羽嚇到了，好像回錯地方。

「對不起，我看門沒關，就自己進來了……」

李耀一臉木然的表情，尚未回神，臉上瘀傷似乎更嚴重了。

「你……你沒事吧？大哥？」

他慢慢回神，從椅上坐起來。

「李大哥，這是怎麼回事？」小羽蹲跪在地把一張一張的畫撿起。她把畫布一塊一塊排好，又去另一邊撿，發現一疊一疊的畫紙被撕成碎片，一團一團揉成一堆的畫紙，有張畫紙被遺落在角落裡。

那是個畫像，畫像上的人似曾相識。

好長好長的一段寂靜。即連愛說話的小羽也難得保持著安靜。

李耀與小羽打開啤酒喝著。

「我老覺得時間不夠，我好像在跟時間賽跑……」

「怎麼可能？你永遠趕不上時間，它永遠跑在你前面……我好熱……真的好熱啊……」

小羽醒來，連忙跳起。她有些昏昏的，腳步不是很穩，去開冰箱，對著冰箱發呆。

四十二、

酒吧裡高朋滿坐，吵吵鬧鬧。樂隊在演奏，侍者們忙著招呼客人，音樂很大聲，人講話的聲音也就更大。

李耀一個人坐在暗處，若有若無聽著那一堆噪音。

小羽在給客人調酒，手裡雖然搖晃鐵罐，眼睛卻一直飄向李耀的位置。

李耀無時無刻都在抽煙，他不想讓任何思緒佔據，他只想放空。常常不意讓煙燒到屁股仍不自知。悄悄不小心的用煙頭燙到了自己的手，還一臉若無其事，努力忍著痛。

他以為沒人看見，無意中卻直觸小羽的眼神。

小羽眼中閃著淚光，背過李耀。

他把煙捺熄，再把酒喝光，走了。

四十三、

　　這裡是一家大型醫院的小兒科，因為病人大都是小孩，所以比起其他的科，這裡真的很吵。為了不讓小孩害怕，醫院放置很多的玩具，還在牆上貼了很多的兒童畫。護士們忙進忙出，抱著大本大本的病歷表到處奔波。

　　其中有個門診，有個小孩哭得很大聲，原來他害怕見到陌生人，嬰孩的母親輕輕拍著嬰孩的背，醫生教授正在講解，其他的實習醫生聽著課，但也不停的逗弄嬰孩。

　　佳惠也是其中之一。

　　「他是女生還是男生？」女醫生問。

　　「男生。」嬰孩的媽媽答。

　　「佳惠，他在看妳。」另一女醫生說。

　　「搞不好他愛上妳了。」男醫生說。

　　眾人笑了。

　　「嗯，是啊，他抓著我的手不放呢！」嬰孩的手扣著佳惠的食指。

　　「趕快自己生一個，不就行了？」醫生教授開玩笑，眾人大笑。繼續對著嬰孩母親說，「這情況會改善啊，藥要按時吃，可以擠些少量的柳橙汁來補充……」

　　「謝謝醫生。」嬰孩的母親說。教授看著電腦，「哪裡。」

　　母親抱著嬰孩離開向醫生們打著招呼。

接近中午，佳惠上身穿著白衣制服，搭配淡黃條紋襯衫與藍灰色牛仔褲，揹著書包，很有信心的在醫院裡走著。終究，還是得讓日子過下去。

四十四、.

李耀手拿劇本與幾個團員溝通。

莫華威剛巧和梁奕君從走道上過來，他們正討論最近的棒球比賽，李耀和團員說完話，準備離開，被梁奕君攔住。

「說曹操，曹操就到，李耀在這兒，李耀。」

李耀回過頭，一眼即望進莫華威的目光。

奕君拍拍李耀的肩膀，「我先過去了。」

莫華威一直看著李耀，他則躲避莫華威的注視轉看別的東西。

「好久不見！」李耀說。

「好久不見！」莫華威繼續說，「你知道我在找你嗎？……我想請你參加我的畢業典禮，卻一直找不到你……」

「恭喜。」李耀言不由衷的回答。

「都還好嗎……」莫華威關心的問。

「我很忙。」李耀說。

兩個人幾乎都不願先開口。

「……如果沒事，我要走了。」李耀先走，留下莫華威一個人。

周永忻的《荒然墟原》

四十五、

大霧起，一排排蒼黃的路燈照映在一條無人的街道上，宛若寂滅之前所發出的光。

一名男子騎乘機車快速衝過。

刺耳的煞車聲，男人整個身體飛出車外，如高空彈跳般墜落於地，血汩汩流出。

而機車輪胎尚不停地轉動。

四十六、

街燈灑向闇黑空無的房間。一個男人正準備出門，他關上大門。電話鈴聲響。

「你好，我是莫華威，請留話。」男人立即開門衝進去。

黑暗中，男人被絆了一跤，當他的手觸摸到電話，鈴聲停止。

他有些生氣，扭開電話旁的小抬燈，倚蹲靠著牆壁。撿起使他絆倒的拖鞋，站起把拖鞋丟在一旁，用腳把拖鞋擠靠在牆壁。

莫華威走出大門。暗光中，電話聲又響。

莫衝進家，接起電話。「喂！……」

周永忻的《荒然墟原》

四十七、

燈由亮轉暗。

李耀身著白色袍服，一個人走上舞台，燈由暗轉亮，一束光線灑在李耀身上。

「我執拗期待著赤裸之身，性慾的狂歡⋯⋯在這衰頹的年代裡，殘餘中的體味是我唯有的記憶⋯⋯雕化成石般，不肯忘記！」

四十八、

莫華威開車在街上亂走。他沒有目的，不知道要去哪兒？只見李耀的聲聲吶喊一直在他腦海揮之不去。

「我怎麼可能忘記⋯⋯」

「不管如何苦澀，我依然無可自拔的愛著那些事物，那些地方，那些人⋯⋯」

在舞台上，那一束光線依舊照在李耀身上。

「⋯⋯這是一個專為正常人而開的世界，所有不正常的人都該死。⋯⋯你能期待這些人為你帶來怎樣的寬待？是同情嗎？還是鄙視？」

「我還期待什麼嗎？我還能期待，一個原本就不是同類的人給我怎麼樣的承諾？」

李耀失聲的笑著，那笑聲笑得好淒楚！

　　四十九、

碰！莫華威撞上一輛計程車，他整個人愣住。

「你到底會不會開車啊？媽的！」司機先生大罵。

等司機把車子開走，只剩下莫，他把車子停到路邊，下車走著，一陣風吹起。

「好冷……」他拉起風衣緩緩走著，直到背影消失……

周永忻的《荒然墟原》

73

狂人手書

每每夕陽西下之際，我即迫不及待奔向夜的懷抱。

在這座謎般的城市裡，我踏著踉蹌的腳步，跌跌撞撞，猶如走進森暗的隧道中。

在白晝，我猶如無依無靠的晃盪幽靈，隨處漂泊；一到黑夜，整個城市就是我的天堂，我化身為狼，游走於如叢林的黑河大道，飢渴地尋找獵物。

漫漫長夜裡，我狂野的奔跑著。直至筋疲力盡，我還在努力的奔跑著。

我已經在路上了。

我已經在路上了，可能從此不會再回頭了。

在狂放與蒼野的茫茫天空下，有著虛無的氣息。嗅著這般的氣味，我前進著。

看完《尤里西斯的注目》(Ulysses' Gaze)，心裡一陣迷惘！

歷史那麼重要嗎？當主角不惜涉足千山萬水而去尋找那失蹤的三卷底片，我真的要問歷史，歷史真的那麼重要嗎？

尼采曾說：「人之所以為人，他能思考、反省、比較、分析，綜合著去限制那無歷史的因素，這種能力，把過去運用到人生，並將已經發生的事再形成歷史。」……

正所謂世界上沒有絕對完美的形體存在，正如人之所以為人，他會犯錯，會一直錯下去而不更改……有些錯誤卻是美麗的……哈！藉口。

我願沉湎於當中而一錯再錯，無可自拔。

讓我獻出對你的記憶……不想用「表白」這個詞來簡單套上我對你的永遠話不完……

封鎖一切記憶……甚且向天起誓，不會再愛上別人以做為你對我，及我對自己之最深最重的處罰。

我寧願趁著青春之日就即時逝去，也不願看著逐漸衰老的自己。

老？

轉眼就要進入中年……從未想過自己要留下什麼。

我只想寫作。

曾有作家說寫作只是為了讓他忘記愛滋病的痛苦。

寫作對我而言，只是一種行為的記錄，如此而已。

當我拿一堆劇本給你看，你笑著說不知你已寫了這麼多的劇本？

我說因為沒事可做。

你笑開了，「怎麼把寫作看的這麼卑微？」

我說別講這麼難聽。

卑微？

沉淪之下吹來的風，竟是那麼地涼！又豈是那二字所能形容？

天知道，這些作品都是我一筆一劃的結晶。從未想過要留下什麼給你作紀念，只有寫作吧，我想。

寫下對你柔情蜜意的思念，寫下對往昔種種的絮絮叨叨⋯⋯寫下我對你的悼念！

寫作是背叛，作家也說。

對我，它是一種分享創造文字的快樂，但同時也是磨難。

我已經在路上了。

女人用著飢渴與曖昧的眼光看著我，我目視女人眼中熊熊的烈火，一陣昏眩！

當我觸及她的眼神，我知道，又將陷入永無止境的風暴中。

趕忙走開，繼續上路。

似乎這已是天註定？我將陷落？

不行，絕不可以。

我死命掙扎逃走，卻有些放慢腳步⋯⋯誠如有些錯誤是美麗的⋯⋯誠如你註定要捲入我個人歷史的漩渦中⋯⋯

我不想改，讓它錯入地底深淵也好⋯⋯

錯吧！

周永忻的《荒然墟原》

讓地獄的焰火焚燒我的慾念！

當駭人的魔鬼吐出源源不斷的濃漿，噴向我，我竟然從濃漿中看到女人的身體，堅實的乳房，修長的美腿，尤其是天使般的臉孔……我如沐浴春風，我甘心陷於最深最底。

當我撫抱放蕩不羈的女體，當我嗅聞膩黑的鹹味，讓我心底激起輓歌的浪濤，狂喜獲得釋放。

慾火漸漸侵蝕我倆，我倆不停的狂舞，一起進入火堆，奇怪的是我並不覺得痛，反而有種快感，在互相撫摸著對方，前所未有的滿足。

一陣風吹來，全世界只剩我一人，赤裸裸的呆然立在街邊。

當夏娃誘惑亞當偷吃禁果的一剎那，就註定了悲劇的發生。

「你不趕快上路？」有個聲音催促著。

是的，是的，我已經在路上了。

何謂正常？何謂不正常？

這都是上帝在玩弄殘酷的遊戲。

當人類在自相殘殺時，那高高在上的上帝，卻在那兒吱吱笑！

上帝從未公平的看待人類。諷刺的是人們的禱告只有上帝能傾聽！

一切都是偽善。

周永忻的《荒然墟原》

有一面鏡子。

它時時刻刻都在提醒著我，每一分每一秒，猶像控訴。

雕化成石般的記憶是無法忘卻的。

那女人如鏡子般出現，說話的口氣一樣，手的動作一樣，就連嘴邊的那顆痣也一樣。

天，絕不可以。

跟她起舞時，我竟是如此快樂！

……

反正遲早都會下地獄的，何不在下去之前，讓我好好盡情狂野，盡情揮灑，盡情縱慾，盡情浪蕩……

我竟是如此的飢渴性愛。她的愛撫是那樣的溫暖，但這並不是我真正想要的，我想要的人是你，一個活生生的你。

我站立街上，期待女人再度的出現。

我將為我早逝的青春，留下些許的紀念……

其實，我和你之間早已無話可說，卻老在電話中用「我忘記要跟你說什麼了」來代替我的困窘……

我只想聽聽你的聲音，以確定自己是否還活著，也想讓你知道我還想你……

周永忻的《荒然墟原》

　　在彼此靜默的呼吸聲中，我的下意識告訴自己，還有還有，還有好多好多話要說的，卻一個字也說不出來。

　　當繁華落盡的餘音，鏗鏘有力的落於地底，我的世界將追隨你的消失心底，殆盡。

　　一切，都將戛然而止。

　　今晚，已經不知是第幾萬個失眠夜了。

　　數羊的人也已找不到羊可數了。

　　……

　　找你吧？

　　藉口！藉口！

　　寧可一輩子當個數羊的人，也不會再找你！

　　羊數膩了，數牛吧！

　　牛數完了，數狗吧！總還有別的動物可數吧？

　　黑暗與光明只在一線隔。

　　夜的深不可測竟然只是那薄膜的瞬間。

　　我已經在路上了！

　　這是無休止的夜，一個無盡失眠的夜。

周永忻的《荒然墟原》

一隻手在身體上移動著，緩緩撫觸著肌膚而激起內裏的暖意，使人不再寂寞。

我輕輕開啟心門，那幾乎是繃緊著一條細小的裂縫……浮屍爛野、蒼蠅亂飛，一隻沉默不語的烏龜慢慢爬行，有個小孩有一張光亮白紙的臉，那臉幾乎是沒有五官的…

哦不！他有一隻眼睛，正用那唯一的透光注視著我。就這樣我從裂縫中看到另一個自己。

只有冰冷了。那是極地之限。

當陽光暖暖地溫馨流過我的身體，卻永遠也穿不過冰凍的魂魄。

是的，那是存在。

如同時間，如同記憶，如同那隻手在我身上留下不可抹滅的證據！

是的，那是存在。

如同固執，如同超越化石般的空間狀態，那隻手在我身上猶如弔詭的雕塑家！

這是深層底下的心靈蘊育。

也是記憶的醞釀發酵所呈現在黑暗中發出的一點可稱為「光明」的東西。

我應該沉默了。

「沉默」代表著一份包容的心，一種悠然自得的態度。但面對如此的難堪，我能釋然嗎？

在我殘破不堪的身軀下，靈魂是陰暗而醜陋，虛偽而漆黑，宛如烏鴉。

我不再是我自己了。在闇黑寂靜的角落裡，正聽著牧羊人的吹笛聲起舞。

一種駭然翻起雲湧的沙河在排山倒海中飄蕩、蔓延，那是死亡；不燙也不重，一種比空氣還輕的物質，那是微塵粒子；一種比零下五十度還要冰的狀態，那是什麼呢？

放逐，永久的。

一種無可救藥的，一種無以說出口無法排解的寂寞與空無，一種無以名狀的厭煩在不停地放縱。

在幾乎已盡的日子裡，我其實整個人都在期待。

期待？哈！

猶像化為黑貓的同伴，請它帶我去夜遊，看看它眼中的眾生相，猶如到處徘徊的浪子在追尋些什麼……

我僅能做的只是不停的寫，不斷的寫，因為在我心裡仍有愛意不斷在蔓延，仍有希望不斷在延展，因為只有寫，不停的寫，才能出示自己沒有絕望。

周永忻的《荒然墟原》

這是沒有終點的漫長旅程，我只是一個過路的人。

在我面前的是一疊的白紙黑字，我已經忘記上面寫些什麼，只是感到暈眩，那些字跳著舞像展翅高飛的老鷹，咄咄逼人。這是記憶中的假象？虛擬中的現實？抑或在虛實之間的混合？⋯⋯我一直在區分。

陣陣從遠處傳來的鋼琴聲顫動著我的心弦，血液的激動不停的澎擊著我，手指的輕柔猶如鳥兒在天空自由自在的飛，指間的溫熱在緩緩滑動，似乎想把我引入更深層的黑洞中和文字起舞，惡魔揮動著它的千軍萬馬向我攻擊，狂嘯的野馬隨處踐踏，碎裂的雪花片片飛。

滾滾狂沙猶如海浪般在我的文字裡不停的堆積，每一個我曾邂逅過的女人從我的記憶裡走出，再現光華！

於挪威森林喝著冰拿鐵的女人；粉紅色的女人；有著一對兔寶寶牙齒的女人；如大海深邃的女人；月亮般圓臉的女人；只有一個乳房的女人；氣味濃郁如奶腥的女人；薄紗掩面的女人；如天使般在黑暗中照耀光明的女人；醜陋但心地好的女人；桃紫色的女人；貪婪美麗的女人；忠誠自信的女人；在布拉格流浪的女人；純潔如白紙的女人；喋喋不休的女人；寶藍色的女人；有雙

周永忻的《荒然墟原》

彷如象腿般粗的女人；神經兮兮的女人；滿臉皺紋寫盡滄桑的女
人；聰明卻令人心疼的女人；哭泣的女人；打赤腳的女人；汗水
淋漓的女人；黑色的女人；嗜咖啡如命的女人；在北京三里屯酒
吧買醉的女人；戴起太陽眼鏡如貓咪的女人；提竹籃買菜的女人；
濃妝艷抹卻遮不住年華老去的女人；在威尼斯跳著獨舞的女人…
…

我仍將帶著殘缺的記憶前進著。

敗廢殘墟中那片焦黃的田野盡是黑暗的，盡是鬼魂的，那般
的空曠荒蕪，正好是我映射鏡子的最佳寫照！……
是啊，蒼老的靈魂。闃黑中等待破曉的時刻是有些許的可怕，
因為光。

我再度踏上旅程，追隨著奧德賽的腳步，像個沒有歸屬的孤
鬼，到處越界。

找你吧？
……
一隻螞蟻，兩隻螞蟻……十隻螞蟻……二十隻螞蟻……三十
隻螞蟻……五十隻螞蟻……

周永忻的《荒然墟原》

每每夕陽西下之際，我即迫不及待奔向夜的懷抱。

漫漫長夜裡，我狂野的奔跑著。直至筋疲力盡，我還在努力的跑著。

跑啊，努力的跑。

……

我已經不想再跑了。

我靜默。寫下自我的死亡，寫下心底的哀思，寫下黑暗中的餘暉，寫下睡夢裡的狂妄，寫下落葉的飄零，寫下詛咒，寫下無以表明的情緒……我不知道我還能說什麼了。

這個無盡深淵的書寫，就到此為止吧。

註解：《尤里西斯的注目》(Ulysses' Gaze) 指的是希臘導演安哲羅普洛斯的電影作品《尤里西斯生命之旅》，這是在台灣院線上映的片名，我個人比較喜歡用此名稱，故用之。

周永忻的《荒然墟原》

枯朽

一個夏天將臨的季節，你和伊玟來到香港。

真冷，心裡還納悶著不是已經快到四月，為何還有寒流，尤其是在香港這樣的熱帶城市！

只因你剛好有張快到期的香港來回機票，伊玟也巧合有三天假期，一起來此算是你們相戀半年的小小紀念。你其實是有些許不懷好意地選擇這裡做為這次的旅行目的。隱約記起偶然翻閱到伊玟的護照與港簽，密集出入境的來回記錄，每蓋一個章彷似一頁愛的日記，心裡的嫉妒莫名燒著，卻又好像窺視某個秘密般地興奮著。只因你認識她的前任，香港情人。

到達香港已是晚上六點半。辦好出關手續後，再坐機場與市區的接駁巴士，抵達下榻的旅館，位於梳士巴力道尾部的一家飯店。兩個人肚子並不餓，所以搭上了天星小輪前往中環。

暫時離開你們住的島來到另一個島，也不過就是換了另一個更虛榮浮華的島嶼。牽著伊玟的手走過中環的中銀大廈，忽然又想起她的前情人。依稀記起她是一家廣告公司的高級主管，一個帥氣飄逸的女生。

由於工作需要，所以你們常常見面。她對你而言不是那種可以當朋友的人。你這樣說，並不表示你就討厭她或者因為她曾經是誰的情人，而是，有些人註定事實一輩子給你只能算「聽過」

或者「看過」，那又何必一定要定義你和某人的關係是什麼。

「在想什麼？」伊玟關心的問著。

「沒事。」你說。她把你的手握得更緊，你以微笑回應。

你們正在蘭桂坊附近的小餐館舉杯慶祝，紀念你們第一次的旅行。你自忖伊玟之所以會選擇你的原因。應該不只單單緣份這俗氣短小的字語輕輕帶過。

「明天要去哪兒呢？」用餐時你問伊玟。「香港妳熟吧？」

「你決定就好。」她回答時眼神是避開你的。

「是嗎？那，明天我們去走行人電梯，如何？那個在電影《重慶森林》出現過的場景。」你有點壞心，想要看看伊玟措手不及的表情。

「隨你吧。」伊玟說。你不想放過她，那臉上瞬間的變化被你看得一清二楚。

「好像記得妳來過這裡幾次……」你說。記得她曾經說她看那部電影不下三十次……她一定和前任情人走過那裡。

「那是很久以前的事了好嗎？」她說的時候些微慍色。

「好好好……」隨即讓了她。

想到某日，無意中說的某句玩笑話竟然出乎意料之外地發酵了。

去年秋日的某一天，伊玟邀你去她家，很詭異地是那隻沙發上的超級大猩猩。

有一刻時空突然冷卻，兩人互相凝視當中，你竟然有點想要逃走，伊玟彷彿看穿你的心思。

「我想問你那天說的話是真的嗎？」伊玟問。她突然提問讓你不知所措，但她似乎真誠想知道你那天寫了一張紙條放她辦公桌上的真正用意。事隔多年，偶而還是會問自己，是否真有點故意寫下那句話：……我好像愛上妳了……

「那是開玩笑的，請別當真。」你說這句話時有些心虛，也怕傷害到她，趕緊躲開她的注視。

是你有問題，你還沒有突破障礙。你對她有好感，但僅僅是好感而已。你在心裡一直不停默念著這些話。

「我要你吻我。……」她靠近你耳邊輕聲說。尚未搞清楚狀況，她已經褪去你的衣服，脫掉你的內衣，卸除你的內褲，吻你，再吻你。

夜燈下，猶像窺視著兩對黑咖啡瞳孔裡所隱藏的秘密，深海、波濤洶湧、頭破血流……一瞬間，宇宙只存在於兩人之中。

在那幾個月裡，你常作這樣的夢：那裡處處充斥著藍所調配、堆砌成各式不同的藍，可謂集藍色之大全。瓷磚是淺鈷藍，掛在牆上的鐘有深藍色的邊，門簾是白絲繡上淺藍色的小花，罩住電腦抵擋灰塵的布有孔雀藍的條紋，當你靠近床沿，盯著眼熟的普魯士藍花大格子睡衣，你正想這是誰的，超級大猩猩突如其來出現在你面前，牠正用斜眼瞪視著你！

從香港回來之後，你覺得暫時不要和伊玟見面較好。這絕對不是有什麼不愉快的事情發生，而是一直以來，你始終認為人與

周永忻的《荒然墟原》

人之間交往能夠持續不膩，保持一種距離與維持新鮮感是很重要的一件事。對伊玟而言，你在她心中的地位算是更為確定；她的存在對你，除了深刻，卻也是一種磨難。把手機關了，心裡決定了暫時不和她見面。

此刻貓咪於地板上伸著懶腰，露出雪白修長的肚皮，舒服打著滾，愉悅從喉嚨裡發出咕嚕咕嚕地聲音。從來即認為自己如果是隻貓該有多好。有時，牠那深邃的眼神正盯著你看，好像想要對你訴說什麼，當你問牠，你愛我嗎？牠把臉撇過，不好意思給你肯定的回應。你偷偷觀察牠對別人是否也是如此？看起來，牠對每個人都一樣，並無例外。對貓而言，牠只是說牠「該說」的話，如此而已。緘口，應該也是牠的語言之一。

就像伊玟常常問你相同的問題，你亦是讓風去輕飄飄地代替你的回答。

整個房間瀰漫 Chet Baker 的 This is Always，灰幽朦朧的氣味。你沖泡一杯咖啡喝著，倚靠在兩人用的餐桌旁。失神眺望著窗外的景色，附近學校操場上總不時地傳來小學生們的零零落落遊戲聲。突然放在桌上的手機響起。拿起近看螢幕，顯示伊玟的名字與電話號碼。你遲疑了一會，還是把它接起。手機那頭傳來她的聲音。

「怎麼那麼久才接電話？」伊玟有些發嗔。

「在趕稿子。」

「哦……」

「有什麼事嗎？」你並不想給人太熱情的假象。

「嗯……想找人陪我看電影，人家送我兩張電影票。」伊玟說

「妳就叫那個『人家』陪妳去看不就好了？或者乾脆叫妳前女友陪妳也可以。」你知道她們在同一家公司上班，即使已經分手，還是天天見面。

並非吃醋，你只是單純想保持距離。

「唉！」伊玟嘆了一口氣繼續說。「說來說去，你就是在乎那件事就對了，對吧？」

你沒有回答。

「我很誠實地跟你說，現在，跟我在一起的人是你，對嗎？我要的是一個稱為伴侶的人跟我在一起，而不是一般所謂的朋友，好嗎？我不在乎人家的什麼看法，我是很認真的……想跟你在一起。」她一口氣說完，讓你感受她那份勇敢，有一絲悸動，雖然你看不到她那頭的表情，她似是輕泣……

「我也是很認真的啊！」本來想要出口的話卻說不出來。

對於自己從未想過和伊玟的將來，你十分內疚，卻也無法再繼續說些什麼。

「你根本不知道自己要什麼！」伊玟生氣了。

「說完了吧，要掛了。」你裝冷淡。「我們下次再聯絡。」

連再見都沒說，伊玟早已掛了手機。

而你關機之前把伊玟號碼完全刪除。

周永忻的《荒然墟原》

　　一個星期三的晚上，伊玟請你在樓下等她。

　　那天的天氣特別好。

　　她帶你去一個地方，你們走路去，那個地方不會太遠。她知道你愛走路。走路可以沉澱心情。你尾隨她輕盈的腳步，不曉得她會帶你去哪裡。你一點也不畏懼，只想跟著她。你們繼續走。一路上，她一逕地前進，只在稍做停留時回頭望了你一眼。她開始溫柔地牽你的手，平靜有力的握著，那是很久以來的第一次，你倆皆明白那也是最後一次，莫名的感動與憂傷，交纏。

　　你們一句話都沒說，只管做愛，奔騰熾熱，汗液相互纏繞，灼燒的濡溼感在無盡延長。她從背後緊緊摟著你。她愛撫著你，進入潮暖的內裏，任何語言在你們之間都是多餘的。那是肉慾。沒有愛恨之分。管它到底什麼是靈魂？什麼是意識？什麼是精神？什麼是愛情？它們不過一堆無用的名詞罷了。今天就是今天。今天星期三，想要身體就只是身體。

華麗哀傷的皮耶佐拉。

　　情慾過後，每每與死亡愈為靠近。

　　莒哈絲說起十八歲的她便已年華老去，而你即將過不惑的大限，豈不更老？

周永忻的《荒然墟原》

荒然墟原

男男女女，眾生芸芸。

將淪於愈深愈底，直至黑。

一、

時鐘指著凌晨兩點五十分，頭痛如放炸彈，似倒數計時般一根一根揪扯著妳的神經，腸胃裡的飢腸轆轆翻弄得妳不能睡，老實說妳並不真的很餓，心底只是被一種巨大無力的空虛感啃蝕，一股熱切地失落把妳壓的喘不過氣來。

妳出門了。

路上沒什麼人車，街燈朦朧的照射，空氣裡飄散著鹹濕氣味，正一點一點滲透妳的皮膚，那股味道說不出的熟悉，卻翻攪得妳想吐，餘燼還在心底作祟，彷如燒盡木炭後的零星之火發出絲絲啵啵聲響，有根連接的弦快斷了。

一家二樓小店從樓梯間傳出濃濃的回音，看不出是男是女，耳朵卻穿著五個小圈環的人蹲在門口，經過這人的身邊，妳瞥見她露出的白皙背脊、幾乎快要露出股溝的白色小內褲，她正從嘴裡吐出煙來，從這人拿煙的手勢看來，根本就是個小毛頭，也許今天才剛開始抽煙罷，那人也在偷偷瞄著妳，那窺覷的眼神在告訴妳，她是妳的同類。沿著階梯走上，回聲越來越大，是唱卡拉OK時慣常出現的聲音，Pub在眼前成形。裡面烏漆抹黑的一片，吧台前面亮著一盞昏黃色的燈，一個女孩正在搖晃著手上的調酒杯，還坐了另外兩個人正在打情罵俏，只聽見歌聲不停地在響，聽起來似個男人，有點悲。看不到唱歌的人，在黑暗的一方卻足以把妳看得清楚，甚至比妳自己看自己還清楚……

妳逃開了。

陣陣垃圾腐臭加上酒臭混雜著屎尿味，從妳經過地一條灰黑晃晃不見天日的小巷傳出。

點起一根維珍妮，讓自己清醒些。

二、

聽別人說小亞失戀，此刻剛好開車經過她家，那兒也曾經是我們大夥人住過的避難屋。其實中間發生了一些誤會，致使我們的關係跌至谷底，之後我就搬離開那間屋子，至少幾年沒有相互聯絡，卻常常從彼此均熟稔地朋友口中得知對方消息。在那幾年的時間裡，我亦因感情陷入膠著狀態，不知如何自處，只好跑至H城躲著。如今屋子剩她一個人。

屋裡雜亂不堪，她看到我有些吃驚，不，應該說雙方都有些驚訝。她訝異著我的出現，我則驚駭於我平常見到的她不是這麼地隨便邋遢，頭不梳臉不洗的，身上祇有小背心加內褲，削弱地乳體若隱若現，我不知該說什麼該做什麼，除了幫她找件連身衣趕緊讓她套上，以解尷尬。

我彷彿回到我們曾是室友的時光流。

以前住過的房間仍舊可呼吸到隱約匿藏地亞麻仁油和松節油之混合味。偌大的白色牆壁掛著一幅畫，以藍綠作底，太陽與月亮並列，滿天橘紅色的雲如飛揚般，突兀地堆砌城堡狀。是我唯一留下沒帶走的畫，時或即為紀念，時或幾分故意……

一直等妳回來，小亞說。感覺像不是對我說的話，猶像手不小心沾粘到麥芽糖，一滴點就絲絲掛掛，剪不斷。

捨不得讓別人住進來，怕破壞裡面的味道。她繼續說，彷似對著空氣說話。

……何必呢……我不知怎樣才能剪斷那氣味所帶來的絲連，卻也聽到自己奈何聲。

這麼說關於幾年前足以到絕交的誤會算冰釋了嗎？這是我見到小亞前後，一直問自己的問題，一個看起來永遠沒有答案的問題。

至少我已小心觀察著小亞，她此刻仍然沈浸在失戀悲傷的情緒裡無法自拔，即連她剛剛說的話，我都懷疑她會否把我和其他人搞混……我聽到她說在等我回來……我開始算起在她心目中，到底於她那堆狐群狗黨裡我排名第幾……那幅畫算是我們之間的橋樑，證明她記得我的某事吧。

不禁憶起誤會源頭，事由一封尚未寄出的所謂「情書」，即被人發現並笑話一番。寄情的對象是小亞的一位女同事，小亞在未經我許可的情況下，把信轉交給了那位同事而引發的。

總之，整件事不過是自作多情的一封信所帶來的荒謬罷了。

這麼些年過去，逐漸明白情感對我從來只敢是迷戀而已，因為懼怕那種關愛同情的眼神；因為要防止那種不屑鄙視的表情；因為過後又可以自由自在……人生到底亦不過於玩弄與被玩弄之間找個平衡繼續。

我們各自喝了幾杯濃烈的酒，她打開床邊的音響，流洩出來慵懶的巴沙諾瓦。火辣之感直在臉上冒升，我瞄了放在床邊的 CD 殼一眼，艾斯特‧吉芭托，聽起來沒有小野麗莎那般的甜美，又帶點餘韻，若有似無地在那個空間盤旋，酒精慢慢開始發酵。

我自忖話題要怎樣才能接下去，小亞一直絮叨前任情人如何地愛她抱她，又如何溫柔地待她，教她做人處事的道理，看她哭的淚流滿面，我自認為是局外人，從頭到尾只是默默地幫她遞送面紙，默默地看這一切的發生。我覺得有些可笑，我輕聲笑著；或者那杯烈酒在身體裡起了作用，眼淚緩緩從眼中流出；也許我心疼她…也許想到自己的感情事亦亂糟糟，無法對人做些許地安慰…

三、

H 城，曾經在王家衛的鏡頭底下於發黃古舊中帶點紅裡尋找著悠悠蕩蕩。

晝伏夜出，日復一日，妳像隻快渴死的魚努力在沙灘上拍打，終於回到水裡奮力一游般。總是和大夥不認識的人狂歡後，獨自一人回到異鄉的家，一座像森林的旅館。那兒什麼人種都有，非洲黑人、回教徒、菲律賓人、美國黑人等等，有如小小的聯合國。其實當妳跟著一群皮膚黑的不得了、還留著一堆大鬍子的男人坐同部電梯時，這無關種族歧視，但心裡卻無端地起著一陣驚懼，每每直至妳走出電梯，進入自己房間，很快速的把房門上鎖，仍感頭皮發麻。

黑，深邃，深不可測，幽玄交錯。

隔壁間每每傳出交媾之聲，妳總希望自己不要去聽到這麼歡樂的聲音，妳總把洗澡間的水龍頭開得嘩啦嘩啦響，漸漸漸漸地，妳的好奇心慢慢放大，妳把水龍頭關了，沿著聲音緩緩靠近，凝神靜聽。……

漆黑中妳望見一個光影，那是妳認識的女人，聰慧而堅定的眼神是她吸引妳的地方。她老在妳面前晃，妳躲藏著她那挑逗之眼，卻難以忘卻她的熱情之聲。她常常對妳說，讓我們在一起。搖頭。拒絕。不可能。妳只希望讓她進入妳想像的心間。

切深期待肌膚的撫觸與美妙的親密感，一種心與愛的結合，花蕾正為妳密密含苞待放著……既使沒有深刻的情慾，但那甜膩中些微的苦味又豈是「耽溺」這詞所能了得的？……那是需要探測的，當軀體與靈魂結合為一時……喜歡貼近妳那氃氃毛髮的叢林地帶，自由自在的悠遊，愉快做個闖入者……

四、

小亞還繼續叨唸著她們以前種種。她說這也算她的報應吧，上次她搶別人的情人，這次換別人來奪取，多公平啊？當她說這句話時笑了，隨即眼淚再度從臉上滑落……

我依稀記起她的情人，如沒記錯的話叫溫寶珍，她管她叫溫溫，見過幾次面。記得有次她倆約我一起吃飯，只見小亞一人忙進忙出地炒菜作飯，遲遲不見她的溫溫，正想開口問她，浴室的門打開了。這時才想到我來之前心裡正念著說今天憋了一下午的尿，回家第一件事就是要上廁所，竟把這事忘了？冷不防溫溫赤裸地身體展現在我們面前，表情帶著愉悅與驕傲，想必不知道我已到，想趁機作樂一番吧。

啊！尖叫聲隱含於關上浴室門之中。見小亞偷偷笑著，我則有些不知所措。

一起吃飯的時候，我直覺到臉紅發燙，也只見她倆一付洋溢於幸福裡沒有他人，我也就自我調侃一番是來做電燈泡的。

哈，這太好笑了，我竟然還記得她的名字，尤其記得她那乳房的紅暈，雖然只有一晃眼。

悶熱在空氣裡飄浮著。頭痛欲裂，我卻感覺到那好像身體裡的某個部位轉移過去，想要被挖得更黑更深！

周永忻的《荒然墟原》

五、

　　妳正搭乘電梯從十五樓到一樓，中途它先到達了十九樓，走進一位長髮女子，蒼白的臉被一副黑框眼鏡遮擋，她手上捏著一張紙，似乎有一角已經快被撕破了，偌大的電梯裡只有妳與她兩個人，妳偷瞄著她手上那張紙，是張死亡通知單，上面記載著病人的姓名性別出生日期及死亡日期，住院費用一排，妳還暗自盤算著，個十百千萬十萬，五十幾萬的龐大醫療費用……妳揣測她一個人要如何支付這筆醫藥費，是有人幫助嗎，還是……妳也想看看一個必須接受死亡者的表情，妳更想看看一個心情複雜的人是否有何蛛絲馬跡可察？

　　中途電梯都沒有停，腦子被好奇心驅使前進，就這樣妳跟著那位長髮女子直到一樓，被一窩蜂要擠進電梯的人團團圍住，妳拼命使盡力氣逃出，那長髮女子早已揚長而去，妳心想這位女子走得真快，正在當頭快步前進，她赫然就在前面走著，妳越過她回頭，駭訝於她竟是個沒有臉的人！而她手上的死亡通知單突地掉落。

　　乍然間妳看到一肥胖而熟悉的影子從妳身邊擦過，妳想問他為什麼會在這裡，可嘴裡竟發不出任何聲音，妳嘗試著喊叫，也只是嘴巴做著張開的動作罷了。當妳確定那人是誰，更無法置信自己的眼睛。

周永忻的《荒然墟原》

　　他是妳在 S 城唸大學時認識的同學林漢，是位馬來西亞華僑，一位比妳年輕好幾歲的小朋友。

　　妳知道他已經走了，但真正無法相信的是他會想要來看妳。他戴著那厚重的金邊眼鏡，臉上帶著他慣有無奈的微笑。那就是他。

　　依稀記起妳曾接到他從 G 城打來的越洋電話，他興致勃勃的說明年要回到 S 城辦一個盛大的同學會，妳還說妳會去的……最後他說我們的生活都要好好過。

　　好好過？

　　他來看妳的，妳想。

　　但妳真不希望他來，看妳總是這般地落魄，聽人家的失戀故事然後自慰……看妳像風箏似飄啊飄的沒有定向……看妳永遠不停的在找尋，不知自己要什麼……

　　妳很想對他說話，妳想對他說一聲抱歉，妳從未好好聽他說完一句話，只因他說話的聲音總是塞住喉嚨，常要他說好幾遍，不然直接就把話題切斷…但妳想如果耐心聽還是有用的…所有悔恨油然而生，都在當妳聽到他的死訊之時。

　　妳真的很想對他說話，妳想說請原諒妳，妳從頭至尾根本就是個自大的傢伙，明明自卑，卻讓妳的「驕矜」讓妳無法對一個同類產生同理心，他那萎縮的右手甚至讓妳覺得不堪……

　　妳在妒嫉他總是在別人面前表現那麼自然，妳，妳卻沒辦法忘記自己的傷疤，任憑它在妳心底，無限擴大。

他來向妳告別，而妳想對他說些話，卻怎樣也說不出來⋯⋯

他死去的消息是從 S 城，一位妳們都熟稔的朋友打手機來轉達給妳的。

在手機響起之時，其實妳心頭即隱約感覺到一絲的悲傷，想哭又覺不知為何。

六、

沉鬱的夜晚，我認為該走了。

夜之隱喻，想到羅蘭巴特曾經說過，夜雖然是黑暗的，但它照亮了夜。不用真正照明，即可顯現一個人心底最深層的慾望。

幾杯烈酒下肚如在頭皮裡加了一層緊箍咒。我搖搖晃晃地試圖從沙發窩站起，因重心不穩又坐下。

七、

在心間裡妳正吻著一個女人，從她的耳垂、耳背、嘴唇，緩緩游移於她那細長的脖頸間，微凸的胸，撫觸她的肌膚，感於它毛細孔的顫動。順指滑過她的背脊，酥癢的感覺使她發出輕笑，那聲音是妳愛的，手指作彈琴狀緩緩在女子乳房上敲擊，她不時的笑著，隱隱帶著呻吟，妳的手在她那叢褐毛裡捉弄，索性把頭埋進，無限的愛戀。

她身上的味道總帶著薄荷，絲絲涼味刺激妳的鼻子，這讓妳漸漸恢復嗅覺，因為在平常日子裡妳的鼻子是失去知覺的。當妳嗅覺愈來愈清晰，妳真正瞭解到那裡是一個模糊地帶，沒有愛恨，沒有厭惡，沒有憐憫。

妳彷彿帶她經過一個很大的廣場，一對對地男男女女正在廣場前圍繞破舊的收音機，盡情地手舞足蹈，於天旋地轉間，不知不覺好像回到那個十一月深秋，陰暗的 V 城在戀人們眼中卻是彩色的，紅橙黃綠藍靛紫在天空中綻放，一位手受傷包裹著紗布的胖女人隨音樂婆娑起舞，完全不見掣肘，有個穿著帥氣的女人迎面而來和她對舞，現場氣氛熱絡，啊，多美的畫面，兩個女人手拉手舞蹈，令人想起畢卡索的一幅畫「海濱奔跑的兩個女人」，畫中的女人飄渺輕盈，似是飛舞，遠方從 M 廣場傳來的鐘聲，清脆入耳，彷似一種儀式，一種洗禮，如醍醐灌頂般，使人真覺那是盡頭⋯⋯

青春底下的一抹嫣紅，美麗，卻又如此遙遠。

八、

一陣黏搭搭的感覺使我醒了過來。

看著醉倒在旁的小亞，輕輕拭去她頰上殘餘的眼淚，我聽到她的輕聲細語：

⋯⋯對不起，我錯了⋯⋯我真的⋯⋯錯了⋯⋯請原諒我⋯⋯

周永忻的《荒然墟原》

　　我以為聽到的是夢話，所以沒有理她。我從床上找了一條薄被給她蓋著。她的手碰觸到我的手，把我的手緊握著。

　　我們和解好嗎？她說。眼角的淚水沿著臉頰流過我的手背。我緊擁著她，並輕輕吻了她。

　　一根撚熄的菸在煙灰缸裡餘煙嫋嫋，我走了。

　　回到小車裡發動著引擎，準備離開。引擎隆隆響徹，四周寂靜，隱隱約約傳來遠方野狗吠叫的聲音。

　　很突然的，我放聲大哭。

　　陽光燦燦，頂罩在車下，它如守護神般跟著我，我把音樂轉到最大聲，又是楊乃文的 One，一路上這張專輯從頭至尾我聽了不下二十遍，那陣陣鼓聲真是一聲一聲地敲進心坎……

　　漸漸回想起早上經過 K 城阿華家去看她，其實是想去問她，有恬的消息嗎？

　　十幾年過去了，我一直都在等待，等待她告訴我，她有她的消息。

　　可笑的是我不清楚我找她的真正目的，如果是單純敘舊，大可不必每次大老遠地來回七、八小時的車程，只為了知道她還在……

　　阿華看著我，直說我瘦了，我答，從未真正胖過，何來瘦啊？

　　之後她開始喋喋不休地說起她的婚姻狀況。她說她正和丈夫辦理離婚手續，她準備搬離 K 城，三個小孩全部歸丈夫所有，拉拉雜雜說了一堆。她暫停著似乎在等待我的安慰，我說男人本來就沒幾個好的，我說沒有了小孩妳應該可以過妳自己想要的生活，多好……話說到一半我停住了……我不敢看她，於是抬頭看著天花板，她繼續說，因為丈夫在外頭做了很多對不起她的事，但他都不承認……

我打斷她。

妳可以說我不懂男女之情，妳也可以說我只是一個遊戲人間的人，妳大可以說，我根本就是只會在女人堆裡混的人，憑什麼在這裡大放厥辭，妳更可以說我沒有做過母親所以沒資格在這裡跟妳說沒有小孩的好處。但我不懂為什麼大人做的事都需要小孩去承擔，即使我也已經三十好幾了，雖然這跟年紀大小沒什麼關係，我仍然不想懂！再且，我是多麼厭惡小孩啊……這會兒，我真的閉嘴了。

太多次不愉快的經驗都是小孩給我的，雖然起因於他們的不懂事，但亦由此更讓自己明白，自己是個異類。

我知道把對小孩的嫌惡加諸在她的小孩身上並不公平；我也清楚她是一個很愛小孩的母親，如果沒有小孩在她身邊，她的生活將會多麼匱乏，我怎能這麼殘忍地對她說這些？

真不知我在這裡幹什麼……我不敢多停留，匆忙離開。

離去之前，她走過我的車邊，跟我說她還是沒有她的消息。我轉過頭戴上隨身的太陽眼鏡，低聲說了一聲謝謝，繼續上路。戴著諸多的歉意與懊悔，我繼續往更南方開去。

九、

清晨的陽光總是溫暖的，尤其是在漫漫長夜後。

在妳的心裡，光亮總是來得特別慢。有道陰影一直盤據在心底揮之不去。曾有那麼一段日子，甚至整個人呈現瘋狂狀態，在白花花的天空之下看見大地一片黑色的雪，興奮的裸體狂舞。

望著那片藍郁的穹蒼平勻悠長。就連這個風景，骷髏們透白的肢體也跑來湊熱鬧，它們頂著天使的光環迎風飄散著舞姿，似乎在傳播著比死亡更黑暗的訊息，彷如夢境。

正是秋涼時，妳把車子停在交流道的路肩，望著其他的車子飛嘯而過，車燈和公路上一排排的路燈交互輝映，如炫彩大道。一隻隻的蚊子在空中飛舞著，瞬間停泊猶如叮吻著屍體般那樣美麗卻又無法穿透，屍體般的巨人突然揮手一拍，一絲血點與蚊蟲的小小軀殼相互成一體。這一拍，也打消了妳的睡意。

想著剛剛做的夢，夢到一個似曾相識的女人正在對妳微笑，是妳第一次看見就會禁不住愛上她的那種笑，卻怎樣也想不起她是誰。

想要做些什麼。把駕駛座旁邊的置物蓋打開，所有雜物嘩啦啦掉了出來，諸如女人的口紅好幾個不同顏色的，幾串綁頭髮的珠花這類的，其中一串上還有幾根髮絲殘留，拉扯了一根下來，就像電影裡的偵探辦案，眼睛睜得大大的，為那根頭髮作著沉思。

繼續翻找。甚至整個身體爬到後座，把原本也沒特意整齊疊著一堆的書翻找的凌亂不堪；把手伸入椅墊的最底，掏出了破舊的兩塊錢、破舊的響板、破舊的原子筆、破舊的手電筒……所有空氣底下的一切都是破舊的，哈！連車子都是老舊的喜美！

十、

如暴風雨前的寧靜般，莫札特的 G 小調第二十五號交響曲以澎湃激烈的情懷在空氣裡流竄，車門被打開了，坐上來一個女人。

她笑著，並且打開音響，傳出來的是韓德爾的鋼琴奏鳴曲，奇斯傑瑞特的版本。雖說巴洛克時代的音樂以華麗著稱，但我聽這張作品時，卻隱隱感覺它的傷感。聽著聽著，她可能覺得有點悶吧。

有別的聽嗎？無聊的表情從她臉上展現。

立即換了另一張 CD，還是鋼琴的，不過換了舒伯特，淡淡的哀愁飄浮著。感到她的不滿意，我微笑著準備換下一張。

妳喜歡鋼琴？那聲音帶著嗲氣。

唔……算是很喜歡罷。我說。

有沒有可以跳舞的？她的兩隻手一直在打著節拍。聽古典音樂可以這樣讓她蠢蠢欲動似的想要大跳一番，讓我覺得很新鮮。

我替她放了楊乃文的 One，「星星堆滿天」的強勁節奏把她的野性帶出來，身體隨著音樂搖擺，要不是由於坐在車子裡，我想她一定會更狂放的……

周永忻的《荒然墟原》

音樂唱到「你就是吃定我」——

　　……是什麼原因我還是搞不懂
　　我想了許多我會接受的理由
　　送給你當作對我交代的藉口
　　可是你連藉口也不給我

　　你就是吃定我如此愛著你
　　才會把我的愛當做遊戲
　　你就是吃定我如此愛著你
　　才不懂得珍惜……

眼中充滿淚水，我趕緊拿了面紙給她。

還好嗎？我拍拍她。

她不說話，我趕緊換上挪威現代鋼琴手凱特畢卓斯坦演奏的曲子。我們在車子裡聽了一陣。

剛剛那首歌應該是唱給妳聽的才對。她下車時對著我說。

一晃眼她不見了，如她剛出現般，似風。

心間裡的女人，永遠走了。

十七號公路走完了，現在轉到第二十六號，放眼望去盡是油彩般的藍。

開車沿著海邊走，令人想到出發前那天晚上，又去電影院看了一遍《碧海藍天》。在還沒作公開放映之前，我即已於 B 城的路上一個專賣錄影帶的攤位上買到這部片子，陸陸續續地看過幾遍。在家裡看這部法國片遠不如電影院裡欣賞來得逼真，尤其那美麗的晃藍大海，粼粼波光……

戲中的男主角總是說，在深深的暗暗的海底，很難找到回來的理由…而我，面對著碧藍藍的天海連成一線，心中卻有股說不出的悲哀與感傷，如鹽蝕般地黯入黑洞裡。

十一、

於是妳從喉頭傾偈出畢生最大的聲響，狂聲怒吼：
啊……嘿……

周永忻的《荒然墟原》

惡火

遠方黑煙如龍般躍起。那是一個非常奇特又濃烈的風景，就像人死亡之前所看到的綺麗色彩。

連接天與地之間，內面與外部，光亮與黑暗，中心與邊緣。

既是一個形態與顏色的本質具體物，像似細胞又分裂成幾個小分子般，十二坪大小的空間再分成四角。

四個角落各自配備著一張床，床邊也都有一個 46 公分乘以 46 公分的置物櫃。

最後只剩下一雙深陷的窟窿與一身空有的皮囊，暫時停留的場所。插上尿管與鼻胃管後，更是一個永久性的剝奪。

要生不能，要死不能，只能逐漸靜默、逐漸封閉、逐漸遺忘，逐漸地，被人們所淡忘。

每個人的身體都不盡相同，卻有一樣的部份，吃喝拉撒睡。

老太太每天躺在床上睜開雙眼，不是瞪視天花板，繼續閉目養神，等待下一波睡意來襲，不然就是玩賞自己兩隻乾瘦的手，手背除了鼓起的青筋、老斑，還有去醫院急診打完點滴後所留下來的瘀傷。手心則是模糊的掌紋，粗糙地略帶些粉紅。每一次詹老太太都帶著疼惜的眼神欣賞這雙骨瘦如柴的手，宛若欣賞一幅美麗的畫，似乎這是別人的手。

再不然，就是呆望那對面床的老嫗。一旁的置物櫃上擺放著各式各樣的儀器，轟隆做響，她臉上表情是看不清的，微微抬起一張嘴，一條粗布即讓她咬著，為了支撐，把她左右兩隻手各綁在床架的兩邊，兩隻手的手指因為長期彎曲變得逐漸萎縮，整個身體不時的抽動，直直望上去即像隻瀕臨死亡邊緣還拼命頑強抵抗掙扎的蟑螂。有時孫女詹蕾去探視詹老太太，她哀聲嘆氣說人生沒意思。接著用下巴示意她對面床的老嫗，詹蕾照奶奶的意思轉頭瞅，妳看那個人躺在那兒多可憐啊，人生真的沒意思⋯⋯詹老太太碎碎唸著，詹蕾只是回望一下，即轉回來看著自己的老奶奶，安慰她不要想太多。

老人家最近疑似下消化道出血，被救護車送進台大醫院的急診室，安養院並通知家屬。由於暫時沒有病房，詹老太太的床只好屈就角落，用布簾圍繞，兒子則在一旁陪伴。時間已晚，整個急診室卻鬧哄哄的和菜市場沒兩樣，沸反盈天。偌大地空間就只是一床挨著一床，所有隱私於拉起的布簾中若隱若現。

詹蕾走進醫院急診室，些微她常在電影看到的戰爭受傷場景或是遊牧民族搭帳棚的畫面，長長日光燈管下群聚莫名的白蟻，地上則堆滿脆弱透明的翅膀與蟻骸，這是要下大雨前的跡象，卻讓她時空錯亂。接下父親的班，詹蕾拿出書與 iPad，偶爾看看書，玩玩 iPad，時而和奶奶說說話，觀察病床四周。

隔床躺了一位年約七十多歲的老太太，總是愛把布簾拉開偷看別人家屬之間的互動。適值有位病人尿袋已滿，一位男孩，猜是病人的孫子吧，他準備把尿袋裡的尿倒出尿壺，要夾緊再摺起的開關實在難扣，不嫻熟的動作努力想把它扣緊，手卻被滴到一些尿。老太太出其不意伸出她那隻帶著瘀黑的右手，想和男孩握手，可能滴到尿的手不方便，男孩沒理她。另外一床，外傭正替床上的病人拍背，節奏一陣一陣，病人隨興發出的呻吟與拍背聲就像打法器般地配合，與之呼應。

還有一個外傭才拿著病人剛剛換下的尿布帶出去處理，沒一會兒即從口袋裡拿出手機，趁此休息玩樂一番。剛巧有位男性中年人痛苦躺在床上被推進這間急診室，只見兩隻黑褐色的小腿起滿大大小小的水泡，還不停地流出血與膿，顯然受到非常嚴重的燒燙傷。醫生護士與家屬的進進出出使得布簾不停地拉開關閉，中年男子的慘烈叫聲讓人聽了於心不忍。空氣裡除了充滿濃郁刺鼻的藥味與消毒水味，隱然含混於各種的屎尿騷味與人的體味。

在急診室裡住了一個禮拜，醫院也只是讓詹老太太打幾瓶點滴，主要也是病人已經高齡九十多，考慮侵入性檢查的折騰及檢查完的後續，詹家兒子婉拒醫生的建議，即讓詹蕾陪同詹老太太坐上救護車回去安養中心。

救護車持續安穩前進。躺臥床上的詹老太太睜眼望著一隻蝴蝶風箏在天上飄揚，一大片空地站著一個小女孩，手拉著那隻蝴蝶風箏快樂奔跑，小女孩的母親突然出現，女孩即刻把風箏放手跟在母親後頭。只見風箏在廣闊藍天飄飛，並愈飛愈高，愈飛愈遠。詹老太太似乎想要告訴小女孩她的風箏飄走，想要喊住小女孩，喉嚨竟像重感冒時被痰卡住，怎樣也發不出聲音。

周永忻的《荒然墟原》

　　她路過一個二層樓高的別墅樓房，大門敞開，彷彿等待客人到訪。裡面的人各做各的事，沒人理她。有人跳舞，有人打太極拳，有的人則圍坐四角桌專心打麻將。她注意到這裡都是老人，連個中年人或者年輕人都沒有。老人們眼神茫然空泛，感受無情漫長的時光在緩緩流逝。坐於牌桌上的一位老人看起來比詹老太太年紀小一點，本來專心搓揉麻將，忽然抬頭望向詹老太太，喜悅大聲叫著，大姐妳來了？連忙起身把詹老太太拉到牌桌的座位上，來來來，我把位子讓給妳，詹老太太有點不知所措卻也坐了下來，她禮貌地笑著，其他人也都停下動作等她。她戴起了掛在她胸前的老花眼鏡，驚奇發現桌上竟有兩張摺痕的白紙，寫了滿滿潦草的字，不仔細看還看不懂。上面都是菜名。蒼蠅頭粉蒸排骨魚香茄子麻婆豆腐。這些菜可都是詹老太太拿手的名菜，也是請客時必備的大菜。她總是在客人名單確定之後的前一個禮拜，哪個菜可以跟什麼搭？哪個媽媽愛吃什麼菜，她都是喋喋不休不厭其煩地與媳婦商量、討論菜色，或者乾脆請媳婦也做些她自己的菜，比如紅燒獅子頭與紅燒魚，那麼這些人是？是她請來的客人嗎？她好像看到老友朱家婆，還有齊老太、張大娘，可又不是那麼地確定……對了，還有媳婦，詹老太太起身想要找人，媳婦在哪……忽然，奶奶，我們到了。奶奶，奶奶，我們到了。被詹蕾叫喚，詹老太太張開她那屎淚沾粘的眼，原來是夢！

　　其實住在醫院和住在安養中心，對詹老太太來說根本沒有差別，反正都是不能回家了。清醒的時候，她有時會問詹蕾，她現在到底是住在安養中心還是醫院？在醫院，詹蕾去看她，奶奶問她，我是在醫院嗎，詹蕾回答是的時候有點理直氣壯，但是一回安養中心，詹老太太再問一樣的問題，詹蕾就答的不乾不脆，深恐傷害了老太太。

剛開始到安養中心，詹老太太即睡在靠窗邊的那一角。那時她幾乎都是呈現昏睡的狀態，詹蕾探訪想摸摸奶奶的手，誰知詹老太太她眼睛緊閉，眉心深鎖，嘴裡生氣喊著，不要碰我。不知從何開始，詹老太太的臉上多了一條鼻胃管，按照服員的說法，如果老人家可以自己吃東西當然最好不過，也不一定是為了貪圖方便而把每個老人都插上個鼻胃管。就在詹老太太插上管子餵食一段時間之後，精神看起來是最明顯的改變。詹蕾去看她，她不再無情拒絕，那張歷盡風霜的臉多出來的是一份期待，期待的是兒子與孫女的探訪，卻也暗藏著無奈與悲傷。

時鐘指向兩點三十分，兩大片窗戶掛著深色花邊的兩層窗簾布，只拉上薄紗的那層使得房間光線充足，躺在床上的那些老人卻老分不清現在是白天還是晚上。因為是點心時間，負責的照服員拿著一杯一杯沖好的流質食物，準備餵食。先把掛在老人鼻頭的引流管蓋子打開，放上針筒，先餵一些清水，再把流食慢慢灌入。只見那些人面無表情，一床一床，辛苦去餵。

當然，也有的人可以一邊餵食，一邊逗弄老人家，開心話家常。一個照服員把一位阿媽用輪椅推進房間，先拿新的薄棉墊舖蓋著，再把老人家一把抱起到床上，那位阿媽剛在房間外面看電視，過沒多久，就要照服員給她推進來休息。那些照服員的照護老人不但需要體力與耐心，還需要愛心，更重要的，也要能夠有逗弄老人家發笑的能力。幾個照服員常常一起圍繞這些老人家身邊嘰嘰喳喳，挺熱鬧的，有些長舌倒是。有的人特別喜歡打聽別人的家務事，一下子是那個誰的兒子不孝順，一下子又是誰的媳婦來追討家產，等等，說個不停。其實詹老太太的女兒才過世，家人並未告知。當一名越籍照服員餵食她，一邊對詹老太太表現親暱，用特殊口音對老太太說，我就像妳的女兒一樣愛妳對不對，詹老太太聽懂非懂，露出開心的笑容點點頭，幾乎忘了她自己曾經有個孝順的女兒。

詹蕾到奶奶床前看她閉眼睡著，不想打擾準備離去，詹老太太咳了一聲並睜開眼，孫女笑臉喚她，她也難得笑著。老人家今天氣色很好，頭腦清楚，說話有來有往，還是保持她根深柢固的觀念在評論家中的每一人，話鋒一轉，突然想到好久沒見女兒，不知她去哪裡了。詹蕾只好說，姑姑住得比較遠，如果碰到她，會叫她來看您。孫女轉移話題，想起下個月就是詹老太太九十七歲的生日，她說，我們到時一起來熱鬧熱鬧給您過大壽，好嗎？詹老太太頓時高興起來。孫女說，您好久沒好好吃一頓了，我到時做幾盤辣的給您吃個過癮，您看如何？詹老太太露出純真笑臉說，好啊。

幾個熄滅的煙屁股被一些沒公德心的人丟棄於馬路上，有一個才被捻熄，仍然發著微弱的火光。

周永忻的《荒然墟原》

夜霧黯影，快速道路上的車潮從未停止。

一名男子從衣服口袋掏出已被擠壓變形的煙盒拿出煙來抽，只是含著。每當遇到無聊或是緊張，他就會想抽煙。或是，肚子餓到有點發慌，即刻抽個煙，竟也飽足快樂似神仙。此時他拿起打火機點著煙，用力大口吸食，又怕煙跑掉似地把嘴緊緊抿住，緩緩讓煙從鼻孔出來。

剛剛，他才去過安養中心探望母親。那名男子失業很久，唯一的優點是他還算孝順，常常來這兒看母親，和母親說說話。母親可能呈現呆滯狀況，兩人只是默默無言對視，但是男子表現愛母深情，離開回去之前總是親吻母親額頭後再握手說，我下次再來看您。這次，男子卻什麼都沒說，表情凝重。

他離開那兒的時候，還頻頻回頭望著。

中心一樓放著大聲的音樂，一個帶頭老師正做舞蹈的動作，帶著這些老人家們做著康樂活動。只見一字排開坐在輪椅上的老人們，臉上無表情地跟隨有一搭沒一搭。

嘶……一種很細微的聲音傳入了詹老太太的耳朵裡。其實她一點也不在意聲音是從哪傳出來的。搞不好也只是她的想像，說出來可能還會被人笑，頭腦不清楚出現幻覺。年輕時的某日，重感冒擤鼻涕突然急迫的壓力一陣，兩隻耳朵彷彿吊於半空中，間接造成了傷害，右耳全聾，左耳半聾的狀態。當孫女小時和隔壁小孩玩耍嘰喳吵鬧不停，她覺得吵也會跟她們說，講話小聲點不要吵到鄰居。孫女還會奇怪，奶奶不是聽不到嗎？怎麼還會覺得吵？詹老太太也懷疑自己是否真的聽不見。

今天詹老太太不知為何輾轉反側，怎樣也睡不著，無奈翻身對她現在是件很困難的事，除非照服員經過，否則她只能直直躺在床上。是她女兒說過幾天後要來帶她回家嗎，還是？……啊，今天是我生日，孫女也說要做好吃的來給我吃，是來這裡做嗎，這裡到底是哪裡，是醫院，還是安養中心？還是家裡，不對啊，我的家為什麼會有這些人，每個老人的鼻子還都插著管子，混濁的眼珠，口水不自覺的從嘴巴流出……還有對床的那位老嫗，她對著她眨眨眼，她對她充滿憐惜之情，想要伸出手來摸摸她的臉。

嘶……那個聲音到底從哪來的，是樓下的廚房？

長方餐桌早已擺滿菜餚，有涼拌雞絲拉皮、辣炒豆豉，水煮牛肉、麻辣香腸、辣子雞丁，等等等等，還有菜沒上桌，客人也還沒到。

嗯，有種爆熱的香氣，爐子上的鍋裡冒著騰騰的煙霧，紅燒蹄膀，雖是小火慢燉，鍋底發出的咕嘟咕嘟，聽起來卻沒那麼愉悅，它彷彿像個警告。

嘶……那個聲音不停地在老太太耳邊響，而且越來越大聲。

到底，那是什麼？

詹蕾正準備她奶奶最愛吃的辣炒豆乾，配料有蒜苗、蔥、辣椒、蒜頭、花椒，加一點絞肉，那也只是引子，提味兒。接著才是主角豆乾。詹老太太看到詹蕾刀切的粗工卒不忍睹，一把把孫女刀子搶下說這不行啦，我來切。老太太精湛的手勢，刀子迅速落於砧板，發出剁剁之聲，只見一疊一疊四方型的豆乾，落快成絲，再給蒜苗、蔥、辣椒多加幾刀修補，和那些餐廳裡真正的大廚比起來絲毫不遜色。

所謂的刀工乃是廚房裡的基本技巧，而火候的控制與時間的拿捏也是非常重要，光「炒」這個字就對咱家有特別意義……她似乎想把她會的絕技傾力而出，傳承孫女。

開始炒菜，先放油，火旺了些，其實中火就好。材料下鍋有它的先後順序，蒜頭辣椒爆香，再來蔥與蒜苗……老太太一直警告詹蕾，火不要開太大，火要開小一點，妳的火要開小一點，妳的火……但是詹蕾似乎什麼都聽不到。

突然，好大的一聲，碰。

台北一家私立安養中心發生了台灣醫療史上最嚴重的火災意外。總共疏散一百多位老人家，共有二十人不幸在這場火災中葬身，詹老太太為其中之一，且包括三名照服員。如依詹老太太自己的說法，是她孝順的女兒把她接走。

警方於現場抓到一名嫌犯，當記者問他為何要在這裡放火，他泰然自若回答，只是想幫助這些老人早點解脫。

周永忻的《荒然墟原》

那兒不過是個洞

一、

怎麼開始的這個夢早忘了。有一陣子你始終做著同樣的夢。開頭必然出現一樣的場景。你手上拿著一把鋤頭，來到一間已然廢棄很久的空屋，有種詭異的氣氛集聚，斥溢著各種死亡堆砌的憂鬱、深沉、冷冽。你正挖掘一個洞，一砍一砍，愈挖愈大，一砍一砍，愈挖愈深，突如其來成群結隊的蜜蜂朝向你飛去，你舞動鋤頭拔腿狂奔，卻好像怎麼也逃不了，那群蜜蜂似乎塞滿了那個洞，你很努力想要逃脫，兩隻手砭欲挖個出路，有種強大漩渦把你捲進更巨大的黑潮裡，連根針都不放過。蜂螫正慢慢刺進你的臉，你驚覺你快哭了而趕緊醒來。每一次。真的每一次，夢總是停在一樣的地方。

一次又一次醒來，全身顫慄，胸口發疼。望著鏡中那張臉。那是你的臉。一張令人厭惡的臉。

二、

由於手術切除了部份腸子，醫生在母親身上裝了造口。後面也有傷口，是因病造成的瘻管。你親眼看著母親每天為了清理她前方的造口及後面的傷口所苦，真可謂背腹受敵。

　　前方造口因母親好面子難為情，不讓人碰，而後面傷口則是你幫忙清理。將長達十五公分的滅菌棉棒插進瘻管中，由內到外以酒精消毒，接著換新的棉棒沾上碘酒，來來回回棉棒總要換個十數次，最後再加上幾層棉花與紗布緊緊包住。那瘻管總是不停產生濃稠的黏液，不斷散發嗆人的惡臭，清了一次再一次地剪不斷，甚至讓人意識到一個可怕的事實，那兒就是一個洞，一個又深又黑、永無止盡的大洞。

　　原本坐姿優雅的母親必須側臥或者歪斜其坐。這對於做了一輩子的老師，在學校教導學生抬頭挺胸、坐姿端正，在家也是如此告誡小孩的她，無疑是一大諷刺。

　　母親屢次問你傷口變得怎樣，多大多小？你因為母親自己看不見傷口而每次說的答案都不一樣。不是故意欺騙，而是不想讓她放棄希望。有時你答，沒有長那麼快，要多吃有營養的東西才會長好；有時你答，有進步，再繼續加油；有時你答，有變小一點；有時則保持沉默，只是安靜重覆已經成為制式的一種行為狀態。

　　三、

　　「吸氣、吐氣、舌頭放平，舌尖頂住牙齒後方，慢慢把氣送到，發出ㄒ的聲音。」治療師說完，即做出以上的動作，聲音完美而漂亮，你照著做，動作不一定對，聲音也是有瑕疵的。治療師繼續說著和ㄒ有關的詞語，你緊盯著他的嘴，慢條斯理說出：「希望」、「西瓜」、「犀牛」、「笑嘻嘻」。你尾隨著他，希望西瓜犀牛笑嘻嘻。你心裡不屑他的慢，連續一口氣說完，像極了在比賽特技，宛如含在嘴裡的糖果還沒細嚼即一溜煙滑入喉頭般，趁人尚未注意趕緊把嘴巴搗住。

有時把要說的話盡量簡潔，卻需要花更多的話去解釋。

有時只是問個電話號碼即被對方指責，「你不知道吃東西說話是不禮貌的嗎？」

有時說話本來也不會結巴，說到緊張得連舌頭都要打結了。

有時明明聽懂了，卻還故意叫你去把要說的話寫在黑板上。

當然，比起所謂真正的聾啞人士，你算是幸運，所以也就不用怨天尤人。可「話」說來說去，無論再怎麼他媽的努力，最後還是有人聽得出，就是有那麼一點讓人不明白、不清楚、不對勁。

而這，就像太陽打西邊出來般的遊戲規則。一開始即註定了輸贏，某些人總是可以永遠驕傲地做為勝利者。

為與他人更好溝通，卻反而和外面斷了。

四、

黃昏時刻。抵達下榻的酒店，放下行李，與情人決定先去散步，再找餐廳吃頓晚餐。這次旅行算是臨時起意，只因時序剛好

周永忻的《荒然墟原》

配合，你倆難得有假期，於是互約來此。儘管只有幾天，在兩人彼此激烈後逐漸熟悉，然而從早到晚和某人一直在一起的經歷，對你來說更是磨難。

適逢假日，遊憩區擁擠的人群，到底，是怎麼樣的機緣把兩個完全不相干的人湊在一起？情人把你手握得緊緊，並像打暗號似的按三下表示愛意，你回應以靦腆的笑著。縱使兩人牽著手，縱使美麗地彌補某些缺口，心中仍舊想著那把利刃不曉得何時會刺進心臟！

愛情於你，猶如金字塔最頂尖的那一層，從來只敢平地遠遠抬頭欣賞。從來連自己都可恨，連自己都不愛的人，怎麼可能去愛人？你也只不過想要自私地活著，於黑暗角落卑微地活著。偶然朦朧渴望某種東西能夠填滿心底。不安全感頻頻鬼鬼祟祟，伺機而動。

無端地，你想到毀滅。

和破壞同義，在執拗中你卻只找得到毀滅。照你的觀念看，破壞是還可以建立，毀滅則是一種再也無法彌補的倒毀、傷裂。即便金閣寺那樣完美無缺的偉大建築被燒毀之後雖可重建，抹也抹不去的更是心中的火痕。

將近午夜，你們來到海邊看夜景。一個新舊情人相互懷念與掙扎交戰的地方，每每充滿著永無休止的騷動。濕重的空氣，船舶的燈光，一對對男男女女於海邊漫步。不知怎地，你開始想念自由。

周永忻的《荒然墟原》

　　兩人合睡於塌軟的大床，闇暝中只剩下急促的呼吸與肌膚的撫觸。你很少開口說話，只想安靜的做愛。

　　安靜做愛，安靜清洗、穿衣、睡覺、再見。之後，深深懊悔。

　　彷彿就是一個儀式。開始便是盡頭。

　　你總是不知不覺地帶著每一位情人走向廢棄的空屋。有雙無形的眼一而再地穿透洞的縫隙，觀看你和每個不同的女體慾戀糾纏，想躲也躲不了。那是你從小到大熟慣的雙眼，母親的眼，總默默帶著堅定與柔情的凝視。你慾戀那雙眼睛，你也憤恨那雙眼睛，你恨不得把洞愈挖愈深，把洞愈踢愈大，直到那兒破裂夾雜厚密地黏液噴出，直到你的手，變成了男子身上的龐然陽物在洞裡進進出出，頃刻間，整個身體包覆於黏液中，想逃也逃不出去。

　　五、

　　有天夜裡照常清理與包紮，母親突然冒出一句話，「那兒不過是個洞。」你很清楚母親心底的悲哀。病，是不可能好了。

　　於你，那兒不只是個洞，更是你與生俱來，一個丟不掉的標誌。那是你身上永遠的印記，一個無法磨滅的鐫刻。

　　終有一天，你亦將帶著它死去。

六、

某個中學附近有家小巧玲瓏的義大利麵館。屋內有種溫馨，每次來這兒就像回家的感覺。店裡準備打烊，只剩蘇正在清洗碗盤。

你們一起回家，你今晚打算留下過夜。兩大排書架上的書搭配高級音響，木質地板上散放幾張 CD，陳舊淡然讓人放鬆。你們邊聽坂本龍一的鋼琴曲，邊喝酒邊聊。蘇的母親則在另一個房裡睡著。

蘇聊到她那已經過世的父親，好幾年前因為中風住進醫院所碰到的趣事。說起了有一天，她父親的兩位朋友陳伯父與吳伯父一起來醫院探望。蘇描述時，你立即在腦海裡浮現兩位年齡加起來超過一百六十歲的老先生，各帶一束花的滑稽模樣。隔壁本來就吵的病人終於出院了，病房好不容易安靜下來，可換了一位更吵的，這位老翁有重聽，說話聲如洪鐘，吵的她父親不能睡，巡房的護士問老人民國幾年生，回答「大正三年」，護士試圖糾正老人，蘇和她父親在隔壁只聽到一邊用溫和的語氣說著：「民國三年」，一邊用洪鐘之聲說著：「大正三年」，「民國三年」，「大正三年」……令人啼笑皆非，諸如此類。你們兩人皆不停地發噱，簡直笑不可抑。後來，竟把蘇那已睡著的老母親與六歲男孩小順子吵醒了。小順子起身上廁所，聽到聲音忙從門邊探頭，「咦，媽媽在笑什麼……」蘇眼瞄他的內褲只穿一半，趕緊把他抱進阿媽的房間。「我笑什麼……我在笑你…」房間傳出三人嘻鬧聲。

茫然想著，其實小孩與老人也有可愛的地方。但對於這兩者，你就是無法產生好感。幾年前第一次和小順子見面，他的坦率便讓人無法招架。你們是在肯德基炸雞店見面，蘇牽著他的左手，即使這樣也不忘玩耍，右手拿小汽車比著滑行的動作，嘟起個小嘴，不斷發出「咻……咻……咻……」的聲音。

「你是叔叔嗎？」這是小順子第一次見到你說的話，可能是短髮讓小孩誤會。

「欸，不可以這麼沒禮貌哦！你就叫阿姨。」蘇立即輕拍小順子的手。

「你先說你是男生還是女生？」本來想要輕鬆面對，所以你說。

「你說話好奇怪，和我們不一樣。」小順子答得誠實，一臉的天真無邪。

「欸……」蘇對小順子做勢要打人，並對你表示抱歉。

小順子的無心之言令你頓時想逃。他的眼神並沒有對著你，卻像一把尖銳的刀狠狠刺著。隨後和蘇聊天，小順子又目不轉睛地偷覷，你宛若一個小丑正在他面前表演。

這時剛好抬頭瞅見母親與友朋也在這家店裡，正愉悅地大啖薯條。基於禮貌走到她們面前打聲招呼，蘇也帶著小順子過來。幾個大人即一起自顧自地聊起天。通常那種嬌嫩的獨生小孩放著

周永忻的《荒然墟原》

不理就會開始做怪。小順子發揮全身的力氣，只希望大人眼光集中在他身上。即使在他媽媽旁邊扭著身體，嘴巴不停發著童語，視線卻從未離開過你，本來在他媽媽耳邊竊竊私語，後來變得愈來愈大聲，「麻媽麻媽那個叔叔說話為什麼會這樣？」「麻媽麻媽那個阿姨說話為什麼會這樣？」其它的人彷彿裝著沒聽到，即連母親也一臉笑容可掬，開心聊天。那麼是幻覺嗎？為何只有你一人聽到小屁孩所說的話？為何都沒人出來好好教訓一下這位討厭的小屁孩？你拳頭緊握拉起那可惡的小屁孩走出店外隔條街的小巷底，痛打叫罵，你以為這世界都是那麼地完好無缺嗎？你以為每個人都是童話世界裡出來的白馬王子與白雪公主嗎？你以為每個小孩都幸福跟你一樣有肯德基炸雞麥當勞漢堡可以吃嗎？你就像似一個已然殺紅眼的士兵般拼命揮舞手上的刀不停……啥事也沒發生。只是一邊瞪視歡快的母親，一旁繼續著你的表演。

　　至於老人，有段時期和母親常去巷子口的雜貨店，那算是一家種類不是很齊全的小超市，是個年約七十歲的老太太開的，頰上邃深地法令紋加強了不討喜與嚴肅，使她不怎麼殷勤地對待去店裡的客人們。有時母親懶得去比較遠的地方買菜，即地就近購買老太太賣的東西，純粹求個方便。有天你自己去買醋與鹽。貨架零亂使人找不著你要的，於是開口問了，起先老太太還模仿你說話的聲音，「在說什麼我聽不懂啦！」並發出詭異嘲諷的笑，才到後面那堆滿瓶瓶罐罐的角落，好不容易找出醋與鹽，鹽巴包上還沾了點油漬，隨手拿塊抹布在醋瓶上擦拭，也試圖擦淨鹽巴包上的油漬，再一起裝進塑膠袋給你。要離開時，她竟然邊搖頭邊用國語夾雜台語說著，「知否這是悲劇，一定是你上輩子做歹事受到詛咒，所以你發音才會和正常人不同款！」

老太太露出缺了幾顆牙齒的嘴鐵口斷言。那表情看起來猶如你真犯了啥彌天大罪？你差點沒把剛買的醋鹽砸她臉上。

於蘇為你準備的客房裡睡著，迷糊中一個裸體老嫗把你叫醒，她要你跟著她走，她把你拉進浴缸與她共浴，她讓你撫摸她那脫盡油脂的皮膚，她那稀薄如柴的後頸，她那暴露血管筋脈的手，她讓你進入她那殘餘的花叢，吸吮她那乾癟皺縮的乳體，你拼命吸吮著。錯亂中，你奮力咬下那極盡衰敗的乳體，剎時，血花四濺……

起身去廁所，蘇媽媽剛好從房間走出正對你咧嘴笑，你彷彿又看到了那位缺牙的女巫。

七、

一間間存放各式各樣男女光頭標本的房子，癌症病房，漫佈著痛的氣味，恍若一望無際纏綿般地暗黑層層疊疊擴散如潮水，浸越骨頭蝕蛀全身。

八、

舞台佈景莊嚴肅穆，只見齊天飛揚，花團錦簇，近似靈堂，一種抗拒心理，卻不知怎地還是坐下看著。這是一齣在說母親與同志兒子如何相處的戲，準備隔日正式的演出。導演阿東正和舞監討論聲控之事，阿東看到你，打聲招呼。你心裡其實並不想看這次的戲，原因很多，千推萬推，最後他說上演前一天來看排演就好，告知他還需要改善的意見即可，正式的看不看無所謂，於是你來了。

紅光打在飾演母親的角色臉上，那位母親近乎被她的孩子摑了幾個耳光，卻還是用那充滿愛心與信心的眼神，以溫和及循循善誘的語氣對孩子說話。不敢正面看她，只敢偷偷覷著，儼然母親說得那些話不是戲裡的台詞，而是真真切切對你說的。排演尚未結束，你即倉皇逃走。

無法想像曾經那麼不放心自己的母親究竟以怎樣的心情投以關愛的回眸？病危之際，當你重感冒戴著口罩以朦住想忍卻已不能再忍的咳嗽聲發出，你瞥見病床上的母親眉頭皺起，似乎在說你這個從小到大讓人擔心到死的小孩，我不能在你旁邊一直守護你，我也累了。

腦中閃現小學五年級的一抹畫面。學校新學期開學，母親陪同你到新教室，她在外頭等。老師叫同學們輪番上講台做自我介紹。輪到你時，你的眼睛空洞洞地望著前面，含糊地從喉中發出

周永忻的《荒然墟原》

聲音，完全不知自己在說什麼。老師聽不懂故而教你再說一次，只說了兩個字你即當場哭了起來。是時，你遠遠窺看母親，她的眼神帶著哀憫。回家後，你再也忍不住心頭憤恨，朝著母親臀部狠狠踢了幾下。那兒正是源頭。

悲莫悲兮生別離。

當要蓋上棺木前的那刻，內心突然湧起好多好多想說的話。想說，你多麼痛恨她，痛恨她把你生的與別人不同，讓你受盡所有異樣的眼光，因此你也甘心做個異類，即異類到底罷，所以，她也必須接受她的孩子就是一個異類；想說，你也很想做一個她所認可的乖小孩或是外界眼中的正常人；想說，你一直以為像你這樣的人是無法擁有愛情的，因為那個愛必然是不被接受及允許的；想說，你常故意挑戰她的忍耐極限，其實你的心痛並不亞於她……你還想說……想說的話太多太多，永遠說不完。

悲莫悲兮生別離。

夜好黑，狂浪陣陣呼嘯後再跌入海底，發出回聲似的巨響。那刻，悲傷是這麼具體出現在你眼前。那年七歲。一個七歲小孩應該尚未瞭解何謂悲傷，但你卻常常躲在房間裡偷偷哭泣。現在完全想起來了。彼時，母親即因身體不好住在醫院，你常常擔心你會失去她，直到有天你真正失去了她。那天，你才瞭解，到底何謂悲傷，竟已過了三十年。

悲莫悲兮生別離……

九、

來過又走，蒼涼手勢略顯無奈，六十四年逡巡踩踏的歲月腳印，是此刻心中的一張年表。落日千里了，你望窗憑弔，直到天光大亮。

而你再度來到你的夢，那簡直就是一個長得醒不來的夢。

你揹著鋤頭整夜奔跑，來到一個奇花異景，從未到過卻又似曾相識的地方，一個蕭瑟荒蕪的空屋。好多人正在前方趕路，你也跟在那群人的後面。不知打哪來的女子與你擦身相逢，漾著笑臉好熟悉，卻又不真切。你想起那曾經是你最愛的一張臉，也曾經是你恨過的一張臉。你知道她是誰，卻不知她為何會出現在這兒。你們跟著一群人，開始掩埋什麼，人越來越少，有的人逕自往他們挖的洞裡跳，翕忽消失不見。只剩下你和她了。最後她亦縱身一跳，洞口迅速閉合，令你措手不及。

那個洞，那個幽黑的大洞，逐漸萎縮、逐漸乾涸，你在心裡不斷對它輕聲抱歉、輕聲告別，也宣示著你生命中的某個部份已然離去，不再回來。

十、

破了。那最隱密精巧的皺摺是經不起用力一擦的。純白衛生紙上微微露著血跡，只需輕鬆丟入馬桶一個動作，即刻灰飛湮滅。

周永忻的《荒然墟原》

　　最近老是拉肚子，今天已經是第三次了。眼看著衛生紙只剩下三四張。家裡應該還剩幾包衛生紙的，你記得。

　　一直以來都很注意這件事，畢竟這關係個人衛生，尤其自己又是個有潔癖的討厭鬼，只要還剩三包衛生紙，不管身邊是否有備用的面紙也好，還是時間多晚，一定立即衝到附近的便利商店亦或超市，買上兩大條以備不時之需。買的時候還會注意價格，通常會選擇便宜的。有得用就好，何必浪費錢在一個一用即丟的物品上，至少你是這麼想。猶記得曾經在某個劇團打工，老闆是個劇場導演，有次出外幫忙採買衛生紙，他並未告知要買哪個牌子，你照自己平日習慣隨意選了便宜的雜牌，想著老闆一定很高興你這麼替他省錢，不料回去老闆竟然大發雷霆，生氣地說，以後請買品質最好的衛生紙。你才恍然大悟，在那些所謂藝術家眼中，衛生紙原來也是一種可以不顧經濟條件下的重要物品。只怕有的質地太過粗糙，擦在細緻的肛門括約肌上，不小心還會破皮流血⋯⋯剩下一張了。

　　情急之下不顧尚未完全潔淨，奪門而去翻找衛生紙。翻箱倒櫃，僅僅剩下一包舒潔衛生紙躺在那兒。多年過去，你一直捨不得用那包衛生紙，你想要讓它保持在原來的地方。那是當初為了母親偶而到你這兒來而特別準備的高級衛生紙，除了三層外，與劣質品牌明顯不同的是，它摸起來彷若輕柔溫婉，安然撫慰，一種春風的緩解。當包裝的虛線被撕開，不知不覺，落淚。

周永忻的《荒然墟原》

影子之歌

流失的過去是否可以從熟悉的旋律找回
世界上沒有什麼東西是永遠存在不毀的

一、

這裡乃是北城市區最熱鬧的一條街。

晝日，這條街道彷彿陌生人，縱使前一夜再如何地盡歡至死！一到夜晚，它馬上千嬌百媚，萬人空巷。

對於人潮，從來你總是直截了當，見縫插進，卻又毫不戀棧，翩翩離去。究竟，這是性格上的慣性逃避？亦或，沉浸在疏離的一種病態？

有時老鼠們跑出來湊熱鬧，牠們也知道自己見不得人，頻繁躲於充滿黑漆漆油膩膩的水溝蓋階梯邊，趁機歡樂起舞。

自捷運站下車後大路趲個十來分鐘拐往左邊巷子，目的地，一棟粉白色的三層樓建築進入眼前。再繼續走也只是證明你從地圖上明明直直的一條路，實際走下來卻是彎曲不平的。

一樓店家往往佔據著騎樓。左側是一對夫妻開的男女休閒裝店，把騎樓掛的滿滿，深怕漏失了什麼。右側是專賣麻油雞麵線的，老闆娘經常兩隻手插在腰上隨時準備罵人，他們即把給客人用食的桌椅置放於騎樓。

　　中間的蔥燒包店則是最早開門，穿著廚師服的老闆正站在門口指揮他的徒弟，兩隻手沾滿麵粉的小弟努力揉搓麵團，一邊還用舉起的手臂擋住汗滴，爐灶便這麼大剌剌地霸佔在騎樓，只見蒸汽一直往上飄，日子一久，原本白漆的天花板被燻得焦黑是想得到的。斜對面恰好也是賣包子，賣的是生煎包，據說是從上海取經回來開的。

　　至於包子哪家好吃，他們兩家門前可都掛了某位電視節目主持人的強力推薦廣告。如果真要你說，倒寧願去吃開在生煎包隔壁、不到一坪店面所賣的魷魚羹，或者再往深一點裡面走的麻辣涼麵，甚至乾脆，你從來即不是所謂的愛美養生者，所有油炸來者不拒，最愛的還是那大馬路邊的蜜酥雞排及超大雞排，兩家總是生意好到要排隊，有時為了解饞也只好甘心排隊。

　　最後登場的才是位居二樓，下午一點營業的二手唱片店。

　　　　二、

安靜做事，安靜喝咖啡，安靜聽音樂！

安靜聽音樂？

是的，安靜聽音樂。

當耳邊聽著大聲音樂，有時並非刺激，而是一種安靜。

有時表面看似燦爛輝煌，卻也是一種安靜的狀態。世界早已

周永忻的《荒然墟原》

太過喧囂吵雜，需要安靜來沉澱。而音樂從來就不是主角，只是這個世界如果哪天真的不再需要音樂，肯定人類的毀滅也不會太遠。

放上音樂，為自己沖杯熱咖啡，等待顧客上門，清潔貨架，整理檢查需要買賣的 CD，每天可以聽不同的音樂，何樂而不為！你總視當日心情來決定開店音樂，那像似一種既定的儀式。有時古典，有時抒情，有時搖滾，有時藍調，偶而，也來點爵士！

對你而言，這份工作應該算是很幸福的工作了，薪水多少不是那麼重要。畢竟這裡也是需要賺錢，水電房租還是得靠它，生意太好有時確實會令人振奮。

絕大部份的時候，你卻希望偌大的空間裡只有你自己。你只想自己一個人，安靜做著事，安靜喝著咖啡，安靜聽著音樂！

然而，這是一種趨勢，所有的 CD 到最後皆只剩下讓人憑弔的軀殼。

就在今天，你準備了好多好多從未在店裡放過的音樂來聽個夠。第一張開砲的是希臘作曲家 Vassilis Tsabropoulos 的 Akroasis。如微風吹著，古典中出現的即興帶給人一點小小的驚喜。再來是 Goran Bregovic & Sezen Aksu 的 The Wedding & The Funerals，強烈的吉普賽色彩加上濃厚神秘的民俗風，讓人慢慢陷入一個華麗的想像。賣不掉的 CD 堆積如山，彷彿知道今天將是它們的世界末日，一張一張的開始乒乒乓乓打著節拍，好不熱鬧。再來，德布西的 La Mer，樂曲澎湃到浪花都快打在臉上。

周永忻的《荒然墟原》

想聽的就放吧。讓這個空間再度感受音樂的魔力。

Beegees、Beatles、Eagles、The Mamas And The Papas、Bread、A-ha、Wham、Genesis、Daryl Hall & John Oates，等等等等，那些歌一首接著一首，你自己同時按下感知鍵，節奏於海馬迴中不斷重覆。

Lobo 的 Goodbye is just another word，這首五歲時期的歌，彷彿帶你坐上黑色馬車，回到曾經屬於自己的老時光，那個時代的氣味逐漸瀰漫……

若干年溜眼即過，那是卡通漫畫小甜甜的時代，不覺得小甜甜多漂亮，卻迷戀於陶斯的帥性飄逸；那是 Duran Duran 合唱團的搖滾樂時代，曾幻想自己是團員之一，拿著羽球拍當吉他又叫又跳；那是余光音樂雜誌與青春之歌的時代，收音機頻道永遠停留在警廣與 ICRT，從未換過。彼時父母給的零用錢不夠滿足需求，常常買了一堆空白錄音帶，打開收音機聽到好聽的歌，立即把它錄下，有時來不及錄只錄一半，或者不小心洗掉之前錄的，心裡都會懊惱不已！

有的歌你也是第一次聽，縱使出版年代久遠，沒聽過的就叫新歌。如今，只要明白所有的往後縱使你再聽到那些旋律，不過，都是傷懷。

　　三、

總覺得自己有記人的天份，哪怕只出現幾分鐘，你就已把他人面貌記得了。此刻迎面而來的這個人一定曾經來過店裡。

追尋記憶，早已預見你什麼都不是。在他人的記憶裡你從來亦只是一個影子。

踏著前進的腳步，總有個影子在旁邊悄悄經過並跟隨你。

間或在前，間或在後，間或模糊，間或清晰，間或還被某人身影遮去了一半。你想把他狠狠甩掉，追不上的無形怎樣也無法甩脫，讓人喘不過氣。

誰人說過，記憶總是潮濕的。記憶，亦總是需要沉澱。總有一天你終將尋回你的過去。

那是否命運的遭逢，你勢必跟著走才會知道。一股沁人心脾地清涼空氣，合著既溫婉又凜冽的霧凝結而成，讓整個人想留住稍縱即逝般地在空中飄，浮光掠影，感覺不真實。

幾個影像正在上演。

一名男子先上車，拿出票卡感應，湊巧旁邊有個一人座位，他就先坐了。中間幾位乘客陸續上車，最後上來的男子站立於車門邊，車門一關，司機馬上開動，那是台小巴。座位坐滿，唯獨那位最後上來的男子站著。正與前面坐著的男子愉悅聊天，兩人看來年紀相仿，他們耳鬢廝磨，切切低語，親密舉動讓人敏銳覺察，那是一對情侶。

一個年輕女子靠在一個中年男子肩膀上，烏黑亮髮撫弄著男子的脖頸，那位中年男子舒癢地想把女人頭髮從他身上移開，動作輕逸淡然，不時帶點挑逗，忽然有種胡椒味兒刺刺的朝你這兒傳來。那是什麼呢？

呼吸的同時，你還在不停搜尋、探索。

這裡是哪兒？女人飛快於捷運月台裡奔跑，趕在車門關上前拋下這句。你尚未來得及回答，車門已關，車子緩緩前進幾秒後加速。你從窗外一直回頭看，女人的背影漸行漸遠。你想，可能別人會幫助她吧？某個閃過去的念頭，你還想再見她一次。盤算下一站即下車折回去剛剛那站，在車門關閉前警鈴響起，你穿梭於擠在門前的人群下了車。而對面那班車剛好正要關門，你奮力往前跑，及時趕上。女人尚未離開，你瞅見她一臉疲累，坐於月台讓人可以休息等車的磨石椅上，她望向你看了一眼，彷彿很久以前你們見過似的，而不是相視於前幾分鐘。

又想起什麼了嗎？

四、

好吧，所有一切都該結束了。老于大嘆了一口氣。

三樓辦公室裡到處充斥著壞掉的 CD 與 DVD 一箱一箱。一箱一箱堆疊滿載著重覆的貨品。太多新歌，真正好聽的也不過就那幾首，太多歌手，真正紅透出頭源遠流長的也不過就那幾位，太多包裝，最後皆將淪為垃圾丟棄，太多 CD，即使賤價出售也沒人要。

老于若有所思，一邊抽煙，一邊不捨地撫摸那些箱子。他常對你叨唸哪些 CD 是他最珍貴的寶貝，不管賣多少都不願賣；哪些 CD 是他從國外旅行帶回來的，充滿許多奇特的故事。

迅速環視周圍。沒想到是這麼的捨不得，看起來堅強的他眼淚就快流下來，讓你也感染一股悲傷的離別味。

在想什麼？你問老于。

老于準備再抽支煙，卻只是含著。地上堆滿東西，要丟的不丟的，要帶走的要送人的，要還給房東的，要回收的，非一個「亂」字可形容，如不特別做明確的註記，很難讓人找到所需要的什物。他正從超大的整包快爆裂的塑膠袋裡拿出一綑包裝完好的 CD 盒。

這是在知道店快要保不住的時候，我把一些賣不出去的音樂搜集起來，這應該算是老闆送給員工最後的一點回饋了。說完，轉身去把煙點起，似乎想要隱藏他心底哀怨的情緒。算算，你們在一起工作前前後後也有十年了。

當鐵門拉下，唰聲如瀑布般，那聲音正標示著你生命中，一個漫長時期的結束。

不知從哪傳來的，遠遠的，伍佰的浪人情歌，「……讓它隨風去，讓它無痕跡，所有快樂悲傷所有過去通通都拋去……」

此刻你的心靈狀態和這首歌於不覺中相互印證，一切皆將隨即渺小、逝去、消失。最後一夜已然成為歷史，你隱隱沒入鬧市。

周永忻的《荒然墟原》

五、

　　得知老于要把小店收起，你即決定休息一段時間，趁此機會下了南部。

　　在這段返南之路，你不期然地遇見了鍾。

　　距離上次見到她，中間隔了二十多年，猶如一場夢。

　　其實你一直都在找她，每次快要忘記這個人的時候，一到這個南方城市馬上即會想起。

　　穿著灰色Ｔ恤外加上淡紫色外套的她，搭配黑色緊身褲與粉紅夾腳拖，一頭沒什麼梳的亂髮，發胖身材有種窘迫，擦身而過稍不注意，像極了在菜市場常見的那種中年大嬸。

　　是那雙讓人難以忘懷迷魂般的眼睛，使你認出了她。附近幾條黑壓壓地窄巷，隔壁大馬路上幾家賣檳榔的小屋豎立。旁邊小公園駁雜著灌木叢林，還有幾把已掉漆的鐵椅。整體看來有種相似卻又不協調之感。第一次到這裡的人肯定會迷路。

　　你們來到一家座位不是很多的泡沫紅茶店，店裡正放著輕快節奏的僕のすべて，韓國歌手李東健的歌。牆壁上也貼滿了各式各樣韓劇或是日本電影的海報。你猜這家店的老闆不是哈韓族即是哈日族。

　　你喝咖啡，鍾則點了一杯檸檬汁。面對面坐著，有種說不出來的彆扭，桌面散放幾本庸俗的雜誌，你心不在焉地翻著。

　　大老遠來到一個差點迷路的城市，使你回憶起小學三年級時

周永忻的《荒然墟原》

有天在路上迷路的窘況，慌亂地於人來人往的大街上放聲大哭，一位好心的阿姨問了你家的電話叫母親來接，遠遠一角你就看到母親的身影，即刻飛奔到她的懷抱緊緊不放。

輕啜一口剛剛端上來的咖啡，想著平日在另外一個早已習慣的城市裡，你是不可能在泡沫紅茶店喝咖啡的，這實在很荒謬。

想著每次都會在腦海預演，萬一哪天真正路上碰到鍾，你將如何從容瀟灑表現。當一個那麼想見的人突如其來出現在面前，你會想要跟她說什麼？

再想，等一下要去哪裡，投宿旅館？或者就這樣離開？

好不容易把那杯難喝的咖啡喝完，她卻一口都沒動那杯檸檬汁，情願用手指玩弄冰塊融化的杯外水滴。

想她可能並不那麼地想要被人認出。或許她也認出了你，只想彼此確認知道這個人還好好活在世上，這樣就夠了。照你看來，她曝露身體的臃腫有另外一層意思，她過得並不好。

你說，我們去走走。你想靠走路來化解尷尬。

經過人行道上的一家便利商店，一輛大貨車停在店門口，地上疊放層層堆積的貨品，司機把貨單折進他口袋，從背後可以注意到他那鬆垮垮的牛仔褲褲襠，髒髒黃黃的，他正吃力以背部和腿力抬起厚重貨物，戰戰兢兢的走著，只見汗珠不停從臉上滑到下巴。矮胖身材的店長嚼著檳榔，一臉盛氣凌人的邊開道邊和客人打著招呼，手拿簽貨單揮舞指揮，提示司機如何放下他那巍然的貨物。一隻全身極黑的狗不知什麼時候出現，汪汪狂吠一陣。

　　還有個可愛小孩一直衝著你們傻笑，一直搖手跟你們說再見，小孩爸爸則有些不好意思，想他的小孩怎麼這樣不怕生？

　　其實我常常想起你。這是鍾離開時對你說的話。你想回答你也是的時候，天空開始飄雨。目送她在夜色中慢慢消失於路的盡頭。天空是陰鬱的灰黑色，從剛剛即想著等一下可能會下雨，果不其然。而這場雨持續下了二十分鐘，感覺它還要再下一陣子。

　　非不得已，你坐上野雞車。

　　七、

　　不認識的路標與嚼著檳榔的司機將車身動不動在公路上就來個一百八十度大轉彎，讓人有些忘記這班車到底要往哪裡去，也忘記自己要去哪裡。

　　車裡簡陋的廁所施放著濃郁的人工香氣，有些刺鼻。白色蹲式便盆附近殘留的糞漬及那溢滿污水的黑洞，讓人頓時失去尿意。你回到坐位有點恍神，隨車晃動的電視螢幕播放著豬哥亮的秀場節目，車窗外，公路街燈的反射刺得你睜不開眼。

　　隨身攜帶的 iPod 一首接一首播著音樂。出門前的準備工作即是將所有想聽或者平時沒有機會聽的歌通通灌進一個 11 公分乘以 6 公分的超薄金屬卡片裡，灌進後那些實體就真的不再有任何用處了。想起由於這樣的原因買 CD 的人愈來愈少，想起那曾經是老于一生的心血，他送的那一袋到底有什麼 CD 你尚未打開處理，或許那需要一個沈澱的心情。

從西洋歌開始聽，Diamonds and Rust、Morning Bird、Yellow、Run 等等，偶然換換口味來首日文歌，或者某個韓劇的主題歌。有時也來首法文歌，拿花的男子 L'homme au bouquet de fleurs，聽完這首即刻加碼聽了楊乃文，不送花的人，陣陣鼓聲配著冷冷的女調，幾遍都不厭倦。有時節奏慢，有時節奏快，有時又聽聽電影配樂。接著，Gazebo 的 I like Chopin，七多分鐘的加長版本，迴旋迷幻帶著莫名的感傷，ㄅㄟㄈㄚㄌㄚㄅㄡ近似魔咒般的在心底唱了又唱。繼續，The Cars 的 Drive，這首歌堪稱是 New wave 的代表作，整首滿盈電子合成樂器的頹廢氣味。幾小時的車程猶如被過去吞噬，窗外風景一層一層褪去它瞬間的樣貌。

才跟鍾說再見，往昔浮現如昨日。

猶似南方的陽光象徵那段青春年少。她是班上的風雲人物，除了功課第一，人也長得美麗，聽說她有荷蘭人的血統，是她的奶奶還是爺爺就不得而知了。那年冬天，她來學校上課，深藍色夾克制服下圍繞著大紅色圍巾，顯得搶眼，一大圈地也把她的鼻子嘴巴團團圍住，只露出那經過混血的慧黠大眼，讓你在二十幾年沒見認出她的標誌，也是那雙眼睛。

已經忘記是誰先注意誰，小學時期常見的上課之間傳紙條繼續漫延到了中學時代。也許是因你的座位排在她的後面，有些無聊的課她寫紙條不知傳給誰，或者畫娃娃不知給誰看，傳來傳去即傳到了你的手中，傳來傳去傳出了某種曖昧。你們一起做著各種事，中午一起吃便當，即連上廁所也要膩在一起，她會緊握你的手或做互相挽手的動作。彼時的你有些自卑，這種長得漂亮、功課又好的人為何會選擇跟你這種說話會歪嘴，然後功課又爛的怪物在一起？

漸漸地，謠言四起。那個時代根本沒有什麼拉子，什麼同志或是同性戀這類的稱呼，有人就說你們在搞 homo，更有人說是你故意接近她，想要她也變成像你這般地不正常，說得好像你真有傳染病似的。謠言使得你們漸行漸遠。

有一天，你的桌上放了一個摺疊小卡，你拆開來看，上面以娟秀的字體寫著，知道我為何想跟你在一起嗎？因為你與我一位已經出國的好友很像。

她只是把你當成替代品。

替代品？

不停地討好別人，最終受傷的還是你自己。上學期剛開學，因成績能力分班，幾個要好的友儕因此不再同班，忘記是哪兩位何時開始通信，一位在你前一班的教室，另一位則在樓下，你還必須穿越男生廁所才能抵達，而你自願做她們的橋樑、郵差，幫忙送信。這樣的討好行為無非也是想要獲取友情與認同。幾次後發現她們不但沒有跟你親近，被人嘲諷還不自知。記得那是最後一次，你偷偷打開其中一個人的信，上面寫著，「我們一直利用某位白癡在替我們送信。……」

那個當下，從此開始，你懂了。

你一直以來都是人家的替代品。

你立即從鉛筆盒裡拿出一把小刀直奔廁所，將所有愛恨通通混雜在那三個字裡。

是的，聽到沒有，你從來就只是人家的玩具而已，幹嘛這麼認真？

上課鐘聲響起了你裝沒聽到，拿起小刀朝手腕割去。不痛。

你讓小刀緩緩在皮膚上來來回回留下了幾十道刀痕。真的不痛。流了一些血。

對你來說，那些血代表了你的青春，生命當中的最精華，就讓它逐漸與糞水結合，緩緩流進洞裡。

那天起，你們再也沒有說過一句話。

八、

夜色黑得迷人，有時你會希望破曉永遠不要來。喜歡 Lionel Richie 的 Running with the Night，明亮節奏藍調的曲風，讓人一聽好想跟著跳舞；好愛 Bjork 的 Venus as a boy，間奏夾雜著弦樂，現代中又有種古典。你恍若置身於只有你一個人的華麗舞會，卻讓你想起學校的廁所幾乎皆為你的藏身之地，即使有臭味，即使那只是一條溝。

你坐在公車上急促不安，總是一直注意有戴手錶的人他們的錶，並非自己未帶錶，或是特別要去欣賞某種款式的錶。那是一

種由心昇起的罪惡感。看著別人的錶，有的時間剛好準確，有的
快了幾分，有的慢了十幾分，不管如何，那終究還是屬於別人的
時間，你不情願的舉起自己的手，望著錶上的時間，七點三十五
分十二秒，早自習已開始五分鐘，沒記錯的話，要考英文單字。
管它，反正也沒背。總之，今天又要遲到了。

　　遲到是個藉口，真正理由是在逃避現實。

　　這所學校是全市升學率最高的，每年考進省立高中的一半學
生，都是來自這所學校。當初你會唸這所中學，也是父母費盡千
辛萬苦，戶籍遷到外婆家才得以進入，只因舅舅的那些小孩們都
讀這所學校，繼而順利考上省立高中。姐姐更是其中的佼佼者，
理所當然你也要跟進。

　　沒人知道你在哪兒，沒人知道你在幹什麼，也沒人想要知道。

　　這裡是你個人的天堂，是你專屬的樂園。在這裡，有個桃紅
色的窗檯，你爬上去可以看得到寬廣的蔚藍穹蒼，剛好一架飛機
經過，那片美麗的天空正好出現如彩帶般的痕跡。隔著水泥牆外
有片花園，種滿了小小的瑪格麗特傳來淡淡香氣。你輕聲哼著 Phil
Collins 的 One More Night。

　　One More Night

　　Please give me One More Night

　　Oh! One More Night...

　　你想起姐姐彈奏的小奏鳴曲，想著電影《阿瑪迪斯》裡的故
事，一個天才與庸才的對照。你不是天才，但並不代表你就是那

個要受盡嘲笑的庸才。庸才還有分等級的呢，至少你算是庸才裡第一二級的，在那個階級裡，你還算有點小聰明。

哈！自大狂。好個自卑又自大的傢伙！是啊。所以你也只能待在屬於你自己的天堂裡。

有個討厭鬼常常叫你烏龜，因為你做任何事總是慢吞吞，然之所以說那人討厭，倒不是她取了這個綽號，而是討厭她臉上的一大塊黑痣，那黑痣上有一小撮毛，每次從她身邊經過，總會見著風把那一小撮毛吹起。

有時，你會夢到那蠢蠢欲動的小毛毛，正在激起心底深處最幽微的欲望。一張花花大床，濃郁的蜜汁緩緩流出，你和鍾裸著身體躺在那張床上，享受黏膩的快感。

你要躲起來。這是你告訴自己的話。你想躲起來，不必見到嘲笑的眼光，你要永遠躲在你的天堂裡。

碰撞的開關門聲打散了你的夢。

九、

除了終日飽滿的陽光照射，所謂的「大」可能也是屬於南方城市的特色。從你有記憶開始，父親選擇的房子與傢俱物品都是一種奇特的「大」，直到現今已近古稀之年，習慣仍然沒變。近期買的大型洗衣機與電冰箱，絲毫不考慮家庭成員的所剩無幾，只希望大型物品能夠填塞逐漸空虛的家。

周永忻的《荒然墟原》

It sure Took a long long Time，跟著音響放出的音樂咿咿呀呀唱著，歌詞唱什麼你不懂，只要盡興就好。那是你和西洋音樂的第一次接觸。第一次覺得痛感，不是常常走路摔跤，也不是不小心頭撞到地上流血立即送醫縫了好幾針，而是被刀割了。可能想學父親刮鬍子的動作，或者確實想試探刃度如何就把它切進嘴邊。整張臉的頭尾各有一個疤，按照算命的來說，那叫破相。兩條疤經過歲月磨蝕早已變淡，刀片真切浸入肌膚的感覺卻直記心中，那年五歲，住在修文街。

二層的透天厝於你挖掘出土的記憶還有那誇張離譜的廁所，約有七八坪，水泥地，馬桶與洗手抬各佔一角，然後一盞要亮不亮的電燈泡光禿禿即晾在天花板上，其他什麼都沒有。有時去上廁所是帶點驚恐的心情，深懼看到什麼怪蟲經你腳邊爬過而不自知。

小學二年級，搬家到前金區附近，有個大樓叫山大行。整棟房子讓人現在回想起來也是有種大而無當之感。你們住在二樓。位於角落的廚房與浴廁就在父母房間的旁邊。正門與書房的門恰好是相對，有個長長的走廊，中間房間則是祖父的房間，很少進去，裡面陰暗暗地，母親也不性喜你們與祖父太過親近，而那條長廊即被你和姐姐拿來玩棒球遊戲。最裡面的是一間超大書房，除了鋼琴及書架書桌，尚擺放大台音響及黑膠唱片櫃。臨靠著大馬路邊，一大排的窗戶並列。你最喜歡在那個書桌上做功課。那時父親人在北部上班，母親則在全市升學率最高的女校教書，有

周永忻的《荒然墟原》

時學校有合唱比賽，她即帶著學生回到家裡來練唱。二十多位學生把書房塞得滿滿，在鋼琴伴奏下練習合聲，唱的是藝術歌曲。那時的回家功課經常是好幾行的生字練習，有時聽著聽著習慣了竟也跟著哼唱起來。在你一筆一劃一橫一豎練習寫著生字當中，迴繞你的那些個青春體味好奇妙！

　　也曾聽過父母提起民享街，可能在你出生前，他們就住在那兒了，可是你沒有留下多少記憶。然而模糊記得的卻是那條街道的樹影，也許有，也許沒有，也許不如說，你還記得的是一條領帶。那時你好喜歡看父親每天早晨準備上班時的樣子，穿上白襯衫之後，再打上一條領帶，有時紅色，有時藍色，有時則是藍紅交疊。不知為何就是覺得好看。覺得長大以後，定也要穿得像父親一樣，那時年紀可能也不知帥氣是何意思，看了就是喜歡。某天彷彿瘋了魔，出門上學前不管怎樣也要母親給你打上一條父親的領帶，母親可能心想，3歲多的小女孩打什麼男人的領帶，便拿著她自己的絲巾為你打上個海軍風的小領結。你不依，挨了一頓打，還是穿了海軍裝。對你來說那可能就是一種啟蒙。

　　　　十、

　　沿著一條蜿蜒窮巷走，兩側各有行道樹。大片圍著鐵絲網的兩片雜草，最突兀的則是矗立高聳的鴿子屋及空氣夾雜的糞臭味，那猶如是在鄉下，卻又有一道界限，雜草隱約中排列形式化的泛

周永忻的《荒然墟原》

黃色公寓，一層一層外露著陽台。

離開多年，一排數字竟還深刻記得！

鑲嵌無法剔除乾淨的回憶如拼貼，流水靜靜。椅座與鞋櫃擺於進門玄關前，右手邊是呈現凹狀的木頭櫃，上面放了黑色的撥式電話，牆上掛著幾幅名書法家丁治磐的字，廚房與餐廳相連，堆滿雜物與各式各樣食材的櫥櫃，有如百寶箱。

一扇門通向長廊，中間是簡陋的浴室，主臥室在最裡面，與客房相鄰，一間給了祖父，另一間則是書房。

你想起了十幾年恍惚的青春歲月，不斷在妒嫉刺激及懺悔懊喪的生活，因偷母親的錢去分給同學，被母親發現趕出家門，或者學校成績壞到被毒打到流鼻血。那時上班的父親每天只要有空就會打長途電話來，聽到母親說起你學業成績不好，他立即叫母親把你喚來聽他訓話。他總是說，你以後到底要幹什麼，成績這麼爛，哪個學校會要你？以後乾脆去當撿破爛算了。最後都是父親氣到說你為什麼都不講話？才把電話丟給母親。

零星的鳥兒飛讓你也想起家中曾養過的兩隻鸚鵡，賣鳥的夜市商人曾說過會下蛋，還示範動作伸進生殖器裡好確定一隻是公一隻是母，你信以為真好生盼望的期待，一日母親提著牠們去給鳥店看看，老闆也那樣把手伸進，說你們受騙了，兩隻都是公的怎麼可能下蛋？即換了一隻母鸚鵡，不料隔天，有隻鸚鵡就死了，讓人還是傻傻分不清到底哪隻是公哪隻是母？

半身棕色羽毛的鳥群在天上盤旋，似乎愈來愈多。

周永忻的《荒然墟原》

雖然離青春期已老遠，內心卻深深隱藏著叛逆不羈的種子。
當身為天主教徒的母親跟你說一切事情都要努力。你答如果一直
努力而無法看到結果，就會去自殺了！天真的母親說自殺是會下
地獄的。你大聲跟她理論，所有關於「天堂」、「地獄」這類的
名詞都是人建立的，人死之後所有的形體就都不見了，連地球都
有壽命了，那所謂的「天堂」、「地獄」到底在哪裡？也許你說
話太直接，竟然把母親嚇哭了。

十一、

你不知道你在這裡待了多久，恍若一個異質空間，那裡是面
鏡子，你想起某個哲學家把異質空間喻為一面鏡子。在烏托邦和
異質空間之間，必定有某種混雜的、居間的經驗，如反射效果，
你發現自己在鏡子裡。如遊魂般拖著心靈形體飄散，時間凝固。
問全世界所有的旅者，他們為何四處旅行？他們為何回家以後還
要再度上路？原因在於，旅者從來不屬於任何地方，他們總是尋
找一個永遠無法實現的理想國度，一個烏托邦。因此，他們只得
慢慢遷移，經年累月從一個地方到另外一個地方。

在尋尋覓覓的過程中，彷似莫迪亞諾說過的「一團迅即消失
的水氣」，從虛無中突然湧現，於閃過幾道光芒後再度回到虛無
中去。潮濕的幽黑裡沉澱著過往，離開那裡多年，二聖二路 233 巷
18 號 2F，你竟然還記得！

周永忻的《荒然墟原》

夜幕降臨。天藍色逐漸消失，點點變暗，朦朧的粼光閃著。然間想起了電影《托托小英雄》，故事講述名叫托尼的男子出生於一個家境小康的五口之家，父母姐姐再加上唐氏症的弟弟，家庭看起來是幸福和樂。小時候的鄰居阿爾弗雷德是個富家公子，兩人同年同月同日在同一家醫院出生，托尼卻深信自己和阿爾弗雷德是在醫院大火時母親慌亂中被抱錯的，阿爾弗雷德不僅偷走了屬於自己的人生，還在人生路途上一再奪走自己的幸福。他也親眼目睹姐姐因自己的嫉妒而被活活燒死。青年時期的托尼遇到一個女人酷似姐姐，兩人陷入瘋狂強烈的愛戀。然而卻發現，這個女人竟然又屬於阿爾弗雷德。在生命結束之前他終於起身做了一次真正的英雄。

來到這個早就不再屬於你的地方，你開始想像自己是男主角托尼，上了樓梯去按門鈴，來開門的不是阿爾弗雷德，也不是那個酷似姐姐的女人，而是你那早已聽聞死了多年的好友……不，什麼都不是。

沒人知道你是誰。你甚至不敢太接近，只是遠遠望著。有個老婦出現，全身髒亂不堪，披頭散髮，嘴裡像咒語般的唸唸有詞，引領著飛揚翅膀的小精靈，視若無睹擺手前進。你不小心邂逅了這個老婦，奇怪的感覺，不是厭惡，不是嫌棄，而是說不出來的一種親切。一陣風刮起，只見到一群嫵媚的蜜蜂搔首弄姿。婦人的背影呼嘯而去。最後，剩下你一個人，默默低迴那首可愛的主題歌，Boum。

十二、

　　當你一人在黑暗中，馬路的寬敞廣闊令你感受這座城市是多麼大。世界彷彿只剩下你一個人。

　　自空曠經過幽深暗巷，從黃耀明的這世界非我家、Yves Montand 的 les feuilles mortes、Genesis 的 In too deep、Many Too Many 等等，數百首的散步之歌陪伴著你，不只有歌，還有那腦部漲滿著流動的回憶。

　　一個人的漫步，寂寞有著華麗的味道。

　　為了回家，你來到這個城，你一直想要回到南方。

　　整座南城帶給你的記憶即使模糊隱約，依然有個影子。人生旅程總是不斷出發， 不斷移動，不斷地自我離棄，不斷地在速度的暴力中尋找自己，事後才發現，自己從未屬於任何一個地方。

　　穿越小巷，暗影晃晃，安靜聽著音樂。

　　當耳邊放著大聲搖滾，有時並非刺激，而是一種安靜。

　　偶而感受把耳機拿下，逝去的那刻，有時是一種召喚，回頭望又沒人，午後，甚至半夜，河邊，星光點點。每每，永劫回歸。

周永忻的《荒然墟原》

母後（跋）

　　太多太多的事都想寫，卻寫不出一個完整的事件；太多太多的話都想說，卻怎麼也說不出一個所以然，以致使喉頭總是有塊結哽著，吞不下去。

　　時光飛逝，三千多個日子。總在祭日時與父親姐姐妹妹一塊去慈恩園掃墓，摸摸那玉石冰冷的骨灰罈，訴說著我對她的無盡思念。整整十年，我還是不停地想念她。總是常常夢回榮總那間位於十一樓的病房，那個無限期的等待。明明還想努力把我擁入懷中，明明還在努力睜開眼睛，卻怎麼樣也使不上力。

　　一直以來我都在思考「入土為安」這句話的意思，它最大的意義應該是不管去世的人生前做了什麼就都讓它過去，因為死者為大。依照宗教的說法是他這輩子的功課已經修完了，已經結束了。事實並非如此。我們活著的人仍舊希望去世的家人能夠與之分享各種喜悅與悲傷或生氣的事，比如家人一塊出外旅遊，近到杭州、烏鎮、上海，遠到巴里島、紐約，我們會帶著母親的照片，然後跟她報告現在玩的地方是哪裡，什麼東西好玩，什麼食物好吃。又如，我們養了一隻長相如貓頭鷹的三色波斯，取名叫啡啡。母親還在世時，每次和父親吵架，她就會出來打圓場，有時父親氣到要打人，她就會用身體來擋，深怕出手重的父親傷到我。而啡啡是否就是母親派來護衛我們的天使？有次和父親又為細故大

周永忻的《荒然墟原》

吵，啡啡也許被我們大聲嚇著，竟見牠慢慢走到父親的腳邊轉了一圈又一圈，或許父親害怕貓爪把他褲子抓破，沒說什麼就出門去了。這時我把啡啡抱起，輕撫牠身上的毛，像似梳理母親那微微盈盈的烏髮。

當我拿到生平第一個文學獎，特別帶著裱框的獎狀去掃墓；當父親交了女友搬出家裡，我們一直不停告狀各式各樣雞毛蒜皮的小事。這無非亦是希望母親還能傾聽，希望她能跟著我們哭，跟著我們笑。如果母親的功課真的都修完了，何須還要知道一切？難道真是我們自己不能放下嗎？

再把超過二十五年的老片，奇士勞斯基的電影《機遇之歌》找出來看一遍。劇情敘述醫學院四年級的學生威提於接到父親去世的消息後，他向醫學院請求休學，然後提著行李急赴車站，欲趕往華沙，在搭上火車與沒搭上火車之間的際遇，各有不同的風景。

我出生時關於正常與不正常的一切，亦牽扯到了命運際遇的不同風景。假說第一種狀況。我一出生就有黃疸，照理說醫生是要換血的。剛好這是一家最新建蓋的醫院，有很多先進的設備。換血之後，長大就是正常人。喜歡跳舞聽音樂，可以和姐姐一起比賽彈鋼琴。和姐姐一樣，考上好高中、好大學，到最想去的法國留學，然後找個好工作，或許說不定，還是有可能是個同志。

第二種狀況，我出生第三天就有黃疸，醫生什麼都沒說。只因那是一家破爛的軍醫院。母親一人瘦弱地躺於那微露血跡的床

周永忻的《荒然墟原》

上，丈夫出差外地，婆婆派了小姑留守，一個大二學生就呆坐在外頭，也不進房陪陪嫂子。女孩愛笑，小時常常摔跤，五歲才會叫爸爸，發音卻是「ㄍㄚˇㄍㄚˊ」。在學校常常被人欺負。因為這樣，個性變得叛逆與憤世嫉俗，眼中看不到公平的世界。上著三流的高中與大學，工作有一頓沒一頓，儘管喜歡寫作，卻也不知寫出來的東西能有什麼用。只有在看電影的時候，才能於暗黑的空間裡想像自己是個美好之人。

無疑，第二個狀況是最接近我的真實。

甚至還有第三種狀況，那就是沒有我的出生。很久以前曾經聽一個算命者說過，其他內容我已經忘記，最記得的是她特別說了母親「命中帶刀」。算命者的話姑且聽之。母親早年生三女都是剖腹生產，晚年生病又大小手術十多次，多年來當我想起那四個字，或許只要姐姐就好，我不需要出生，妹妹更不要來，或許……或許，母親可以少受點苦。

要說我有偏執狂也好，如今多年，我依舊放不下。

母親走過周家四十一年，宛若走過一場顛簸水路，疲憊的航行著。

只是，我還沒學會告別。我們從未學過「要如何告別」。

不知何時開始喜歡的懷舊，有時深深覺得這種情結真的會害人。

至今已經進入第十年，還是常常想聽聽母親的聲音。從小到大跟她一塊去菜市場買菜，那些賣菜的人都騙不了她，連台南籍的朋友聽她帶著台南腔的台語都說非常親切。母親在上海出生，五歲時才跟著外公外婆到台灣來，住在台南的新營，當時左右鄰居與一起上學的同學都是台灣人，讓她身為一個外省姑娘學會說一口流利的台語。母親跟她的父母說揚州話，在家裡對我們說國語，在學校教導學生說英文，在我眼中，她真是很有語言天份的人了！

早上川流不息的菜市場一到了下午便顯得有點落寞，只剩零星幾家有店面的店還開著，殘餘濃重的魚腥味，暗黃燈光照射不像超級市場那般的明亮，帶點暖意。老家龍口市場的那些賣菜賣雞賣魚賣豬肉賣餛飩皮的商家，通通都認識母親，讓我想念他們的人情味。

彎彎曲曲的巷道，柳暗花明，就要走出改建成停車場的藍白建築，眼淚忽然不停不停地從臉上滑下，是啊，剛剛又不小心經過一家賣中國服飾的小店，瞄到那一排掛在外面要賣的衣服，母親最愛看了，我不愛逛，卻總是在前面叫著快點快點。眼淚力量大得讓我無法停止，後悔沒戴口罩出門。

手把垂下遮蓋眼睛的頭髮往上撥，如不箍住不一會兒即又溜下來。頭髮每到這時就該剪了。心想要趁著未剪前去看看母親。因為我知道她不喜歡我剪短髮。母親從來就不喜歡我留短髮、穿長褲。到如今，我的洋裝通通送人，一件未留。唯一得見也只有頭髮了。

瞬間，十年。書桌上照片裡的母親仍舊那麼美。而我，卻在

周永忻的《荒然墟原》

慢慢變老。從前總覺得老這個字跟我彷彿沒關係，總覺得自己應該不到中年就會死去。晃晃苟且多年，生活也就這麼過著。

近期清理電腦磁碟發現還保留一份檔案。那是母親剛去世不久，我在台北和 Iv 用電腦聊天的記錄。看著這份記錄，當時之所以沒有刪除，可能某些事的討論想跟姐姐說，並未想過現在竟然和今日的我們對比這麼強烈。那長串的對話可說是我的無助與無奈，兵荒馬亂。套句奶奶曾經說過的話，沒有媽媽，你們家就算完了。飄忽十年就這樣過去，而立至不惑的三姐妹就只是尚未長大的孩子，難以想像這個家當初是怎麼走過來的，尤其是家裡最需要照顧的妹妹，姐姐與我原本都以為只要母親還在，即永遠都可以把責任推給她，所謂人生實難。

每每經過淡水的建設街與三民街交叉的斜坡，亦讓我的心隱隱作疼。那次邀請母親來淡水玩，父親開車帶著我們去吃了百葉溫州大餛飩。彼時重建街停車場根本尚無建造，停車地方比較遠。當時病重的母親依然忍痛苦撐。飯後她就累了，無力再逛，父親只好再去把車開過來接。等待同時，我們必須走過那條不長不短的斜坡及馬路以方便坐車，這對一般人很容易，對母親而言卻很困難，看著她舉步維艱，眼見紅燈差幾秒就快變綠燈，幾輛機車早已虎視眈眈迫不及待，母親依然只能腳步慢慢，我著急了，手拉著母親說忍耐點，快點走，就快到了……那一次，也是母親最後一次來淡水。

有時出去辦個事隨身帶著斜揹的包包，搬家前在衣櫃裡找到

周永忻的《荒然墟原》

的，外表看起來還好好的，沒壞即拿來用。邇來發現它有好幾個小裂縫，考慮要不要扔了。偶然翻著原本放鑰匙的第一層，掉出一張泛黃的紙，那是醫院的收據，日期寫著 2006 年十二月一日。記起那曾經是揹在父親身上，每次跑醫院都必帶的包包。

　　有時去安養中心探望奶奶，總也不忘順道去那家吃了好多年的燒臘店外帶叉燒飯。店員開心的招呼我，說很久沒來了，想我們是不是搬家了。一邊陪伴奶奶，一邊吃著我帶來的叉燒便當，心頭有種懷念。即使這不是我覺得他們最好吃的飯，即使他們廚師常常換人。

　　從廣州燒臘店穿越，經過西藥房、店名「第一家」的湯圓冰品店、文具店、麵包店、不斷翻新變大的 7-11，中間與文具店老闆擦身，他沒看見我。快到老家了，那條路上唯一的赭紅磚大樓，一個曾經生活二十幾年的地方。來到這裡，有時還是會突然忘記，那個家早就沒有了，那個房子早已不再屬於我的。

　　月前收到一些珍貴的黑白老照片，是小舅傳給妹妹之後，我跟妹妹要來的。那些照片我從未看過，可能也有，但印象不深。想像小舅正在整理那些照片的心情。前年初過百歲的外婆去世，我心裡其實有點擔心這位長輩，依偎老母親身邊六十多年，會不會打擊太大不能接受？參加葬禮那天，我心裡很想以過來人身分去安慰他，終究還是害怕自己先無法控制情緒而做罷，只能默默背後關心。

　　我真正想說的是：整理照片，回顧過去。

周永忻的《荒然墟原》

　　現在還存放於倉庫中的幾箱老照片，我一直不敢去想當初母親想要整理那些散放照片的用意，那應該算是她病重後的苦中作樂吧。除了按時期按家中每人分門別類，不好看不愉快的即撕了，有時還整理到大半夜。而我一直始終不敢說出口的話，她是在一邊回顧過往，一邊做著化療，一邊與時間賽跑，一邊向世界做一個告別，一邊等待生命的漸漸消蝕。這麼一句話等了十年，我現在終於可以說出來了。

作者介紹

　　周永忻，真理大學台文系，佛光大學文學系碩士，曾獲真理大學小說文學獎及教育部文藝創作獎。